JN047189

竜が呼んだ娘 1

弓の魔女の呪い

柏葉幸子・作
佐竹美保・絵

講談社

竜が呼んだ娘

1

弓の魔女の呪い

もくじ

第一章　竜に呼ばれる　3
第二章　王宮へ　35
第三章　ウスズ様の正体　76
第四章　冒険の始まり　106
第五章　竜巻の村　129
第六章　何百年ぶりの再会　174
第七章　燃える石　194
第八章　ミアとリリス　228

第一章 竜に呼ばれる

昨日の朝とは川の音がちがう。水がふえた。山の雪もとけだしたのだ。春になる。

春、ミアの住むこの村では、十歳の子の中に村を出ていく子がいる。望めば誰もが出ていけるわけではない。東の洞穴の竜に呼ばれた者だけが村を出る。

ミアの村は罪人の村だ。牢獄がわりの切り立った崖にかこまれた深い深い谷にある。飛ぶものでなければ、村を出ることはできない。でも、村の集落のまわりには山もあり川もあり、花が咲きほころぶ平野もある。ミアは、閉じこめられていると感じたことはなかった。

ミアの先祖は、今の王族に敗れた一族の残党だ。

人を傷つけたり、物を盗んだりした、ほかの罪人とはちがう。竜や魔女まで巻きこんだ何百年も前の戦いに敗れさえしなければ、この世を支配していたのは自分たちだったという自負がある。この村の長をつとめるミアの祖父などは、その自負をよすがに生きてきたのだろう。

　このような罪人の村はほかにもあるという。それぞれの村に牢番がわりにいる翼のある竜が、都や町から罪人を村へ運んでくる。村では、その罪人の罪をとわないし、前のところでの名前も呼ばない。左ききの人と呼んだり、杉の木の下に住む人と呼んだりする。名前をもつのは、次の代の子どもたちからだ。

　ミアの村では、ミアの先祖たちが戦に敗れたのは、魔女に裏切られたからだといい伝えられている。

　そのせいか、罪人としてつれてこられる魔女はいない。祖父もその前の村の長たちも、魔女がこの村で暮らすのを嫌うせいだ。だから、切り立った崖をこえられる翼のある竜だけが、ミアの村と外の世界をつなぐただ一つのものだ。

　それでも村を出ていく者にはともかく、一生この村で生きていく者には、竜は山にいるオオカミや鹿とそう変わりはない。

　でも、春だけは竜の存在感がます。

　十歳の子どもたちは、

「私は、竜に呼ばれるだろうか」

と、そうなればもうこの村にもどることはないのだとわかっていても、胸をおどらせる。

十歳の子をもつ親はもちろん、村人全員が、今年は誰が竜に呼ばれるのだろうとうわさしあう。

一人も呼ばれない年もあれば、二、三人呼ばれる年もある。竜に呼ばれるのは名誉なことなのだ。

十歳になったミアは、自分は竜に呼ばれはしないと思っていた。

四年前に竜に呼ばれて村を出ていった従兄のパトのように、一度きいたことは忘れないといったように頭がいいわけでも、今年呼ばれるだろうとうわさされる子たちのように、動物と心を通わせる能力があるわけでも、誰もが目をみはるほどの器量よしでもない。

今まで竜に呼ばれた子の中に、

「どうして、あの子なのだろう？」

と、村人がけげんに思う子もいたらしい。竜がどんな基準で子どもを呼ぶのかは、誰にもわからない。

どうして？　といわれる子の中にも入りはしない、とミアは思っている。

ミアは二歳になるまで、たちあがることも話すこともできない、泣きも笑いもしない赤ん坊だったそうだ。ミアの母親は夫に先立たれ、一人でミアを育てていた。

そんな母にミアは重荷だったのだろう。ミアが高熱を出した夜に、母は姿を消した。ミアの将来を悲観して川へ身を投げたという人もいれば、村を出ようと切り立った崖をよじのぼろうとして、転がり落ちて死んだという人もいる。

このまま生きのびても、四、五歳までの寿命だろうといわれたミアが、ここまで育ったのは母の姉、二のおばのおかげだ。

ほかの十歳の子にくらべれば、体も小さいし、歩くのも走るのもどこか不かっこうだ。話す言葉もゆっくりだ。それでも、ミアは十歳の女の子になった。

二のおばは、それはそれはていねいに、ほかの母親たちの何倍も手をかけてミアを育てた。二のおばは、なんでもよくできて、なんでもよく知っていた。二のおばが母親がわりでなかったら、ミアはここまで育たなかったろう。

あんなミアをここまで育てた二のおばを、かげで魔女だからだとうわさする人たちもいた。そんなうわさのせいか、二のおばはずっと独身だ。

「私は誰にも望まれず、好きになった男の人もいない。家庭をもつことができないから、世話をやくものがほしかっただけよ」

二のおばはいつもいう。

二のおばなら、何十人もの大家族の女主人もらくらくこなしていけただろう。

二のおばは、昔竜に呼ばれて村を出ていった子どもだったそうだが、何十年か後、罪人として村につれもどされた人だ。魔女の弟子になったと、うわさされていた。

祖父は、

「一族の恥」

といって、自分の屋敷うちに住まわせてはいるが、口をきこうともしない。そして、ほかの罪人たちのように、家族の中でも本当の名前を呼ぶことをゆるさない。ミアやほかのいとこたちが二番目のおばだから二のおばと呼ぶように、村人たちにもそう呼ばせていた。

ミアは二のおばと二人、祖父の家の井戸から水をくみ、畑のはじにある二のおばと暮らす家へ水を運び、かゆを煮て、畑をたがやし、羊を飼い、毛を刈り、糸をつむいで、今しているように何十年も暮らしていくのだと思っている。祖父母もほかのおじやおばたちも、何人もいるいとこたちも、ミアは一生村で生きていくのだろうと思っていると思う。

でも、二のおばだけは、どこかちがっているようにミアには思える。口に出していわれたことはないが、二のおばは、ミアは竜に呼ばれると思っているような気がしてしょうがない。ミ

アの母親がわりなのだから、十歳の子をもつ、ほかの母親たちのように、

「竜が呼ぶのは私の子よ！」

と、うぬぼれているのかもしれない。でも、二のおばはうぬぼれたりしない人だ。

　ミアは二のおばから、掃除も料理も糸くりも、縫い物、編み物と、きびしくしつけられている。それらは、この村で生きていくすべとして必要なことだ。ミアも納得している。そして、それだけでじゅうぶんだと思うのだ。だけど、二のおばが教えるのはそれだけではない。

　むずかしい掛け算や、文字の読み方書き方、地図の見方、絵のかき方、草花の名前、その薬効、礼儀作法。まして一か月に一度、お食事会としょうして家じゅうの食器をつかって二時間もかけて食べる食事の作法などいらないと思うのだ。

　二のおばは、ミアを竜に呼ばれる子に育てようとしているのかもしれないと疑うこともある。でも、まさか私が――と、いつもその思いを打ち消す。二のおばは、自分の知っていることを誰かに教えたい性格なのだろうと思うことにしていた。めんどうくさいし、迷惑だと思いながらも、大好きな二のおばが一生懸命教えてくれることを、ゆっくりとでも覚えていくことはミアも楽しかった。

水おけを二のおばとミアの暮らす小さな家へはこびこんでいくと、二のおばは、縫いかけの布をさっとひざに丸めてミアをみた。

二のおばは、ここしばらく縫い物に余念がない。寝る間もおしむように手を動かしている。それは、村の十歳の子をもつ母親たちといっしょだ。もしかしたら、竜に呼ばれるかもしれない子どものために、十歳で手ばなす子のために、母親たちは村を出ていくときにもたせる衣装を縫う。村を出て暮らしたことのある二のおばのつくる衣装は、色も形も気がきいている。春が近くなると、十歳の子をもつ母親たちから頼まれて縫うこともある。それでもひきうけても一枚か二枚だ。今年のように、手を動かしつづけたりはしない。

ミアは、

「誰の衣装？」

ときけないでいた。ミアのためだといわれるのが怖いのだ。

「外は？」

二のおばがきく。必ずきく。

「川の水がふえてた。山の雪もとけだした」

台所の水がめに水をそそぎながらこたえた。いつもの朝とはちがうことをみつけられミアはうれしかったのだ。

「水をそそぎ終えてからいいなさい。水につばでも入ったら、またくみなおさなければいけなくってよ」

二のおばは、口うるさい。

それでも、外の変化をみつけてきたミアに満足げにうなずいてはいる。

どんなに大きな事件も、ささいなことから始まると二のおばはいう。

雲の形、風の吹き方、鳥や虫の声、他人の目や手の動き、声の出し方。そのちがいからいろいろなことがわかるという。よくみて、よくきいて、よく気がつくようにと、いつもいわれている。

あまり口うるさくて、

「どうしてそんなことをしなきゃいけないの？」

と、反抗したこともある。

「ミアはほかの子より歩くのも走るのも遅いわ。みんなと同時に走ったらミアはびりっけつでしょう。でも、目的地がミアだけ先にわかっていたら、近道をみつけることも、みんなより先に歩きだすことだってできる。そうしたら、ミアだって、いちばん先じゃなくっても、みんな

にそう遅れないでそこへ着けるでしょ」

　二のおばはそういった。

　ミアは、私はびりっけつでもいい。びりっけつになれているとは、とてもいいかえせなかった。

　外から足音がする。軽い。かけている。祖父の家にいるいちばん小さい従妹のパミだ。いつもよりはやく走ってくる。誰かに何かいいつかってきたらしい。

「二のおば様、二のおば様」

　何かあったらしい。パミの声がいつもより高い。

　ミアは、開けておあげといわれる前に、ドアを開けていた。

　パミは、転がるように飛びこんできた。すそを結わえたズボンとエプロンに着がえている。髪はまだ結ってもらっていない。肩までの髪はくしも入らずにもつれたままだ。いくら屋敷うちとはいえ、祖母がこんな頭のまま孫を外へ出すはずがない。いつものことではない。何かとんでもないことがあったのだ。ミアはいやな予感がした。

「竜が呼んでる。おじい様のところへ知らせがとどいた」

ほほを上気させたパミは、ミアを初めてみるもののようにみつめた。竜に呼ばれたのは、私だ！　五歳のパミさえ、どうしてミアなのだ？　と思うのだろう。ミアの心臓は、ドキドキと音をたてだした。

「上着を着ておいき」

二のおばはおちついたものだ。そういうと、またひざの上の縫い物をとりあげる。

「ど、どうして？」

ミアは、綿の入った上着をかかえ、パミに手をとられてひきずられるように祖父の家へむかった。

「おじい様が馬を出すっていってる」

畑を横ぎりながらパミは跳びはねるようにしていう。

五歳のパミには、竜に呼ばれたということより、馬に乗せてもらえるほうがうらやましいのかもしれない。

祖父の家は大騒ぎだった。

「朝めしはすませたのか？」

首をふるミアに、祖父は、

「早く、食わせてやれ」

といっただけだったが、喜んではいるようだ。

祖母も一のおばも、

「ミアがねぇ」

「ミアちゃんが、竜に呼ばれるなんてね」

と、いいながらも手ばなしで喜んでいる。

一のおばは、かゆを口へ運ぶミアの、自分で編んだ三つ編みの髪を結いなおしてくれる。されるままになりながら、何かのまちがいだとはいいだせないでいた。

「ミアちゃん、このまま行っちゃうの？」

パミがきいている。

「今日は、竜にあいさつに行くだけよ。十日ぐらい準備の日があるわ」

息子のパトを送りだした経験のある一のおばは、

「二のおばと相談して——」

と言葉をにごした。あの二のおばのことだ。ミアが呼ばれるとさっしていたのかもしれないと思いあたったらしい。ミアの荷物はもうできあがっているかもしれないとも思ったのだろう。

祖父の家の庭に、まだ独身の五のおじが馬をひいてきた。

「どうして、おまえなんだ？」

と、ミアをにらむ。五のおじは、村を出てみたかったのに、竜に呼ばれなかった。

「まちがいだと思う」

ミアは小声でやっとそういった。うらやましげな五のおじの視線が痛い。ミアと馬をみくらべて、パミもまた、うらやましげにしている。

村で、馬は貴重だ。

祖父でさえ五頭飼っているだけだ。男たちでも、乗れない人はいる。ひきだされた馬に、危なげなくまたがったミアをみて、五のおじは、

「おれがひいていかなくてもいいようだな」

と、いまいましげにミアからはなれていく。

「あの魔女め！」

祖父はそうつぶやいた。祖父は、二のおばが、ミアを、なんでもできる子に、竜に呼ばれる子に育てていたといっているようだった。

二のおばは、祖父やおじたちの目を盗んで、野原へ出してある馬の背にミアをまたがらせ

た。ミアは馬が好きになった。二のおばもミアも乗馬を楽しんだ。ミアは、二のおばにぴったりついていけるぐらい馬を乗りこなした。

東の洞穴には、けわしい山道がつづく。ミアじゃなくても馬でなければ半日はかかる。ミアは、途中、何度も馬をめぐらせて帰ってしまいたかった。

東の洞穴まで、春に呼ばれる子が通るせいか、道らしきものはあった。

馬は迷いもせずに、その道を進む。ミアは、話にきく洞穴が、岩山の大きな裂け目のようなものだとおどろいた。その前に自分が立っていることが、ここまで来ても信じられなかった。

洞穴の前の岩場は黒くこげついて、春になって少しゆるんだ冷気の中でいやなにおいをはなっている。竜のはく炎まじりの息のにおいだろうか。

岩場の前で、馬は足ぶみをするばかりで、前へ進もうとしない。ミアは馬をおりると、まだ枝に雪をはりつけている木の枝にたづなを結んだ。

ミアたちの気配を感じたのか、洞穴の奥からドッ、ドッと、地ひびきがする。おびえた馬が後ろ脚で立っていなないた。

「ドウ、ドウ、大丈夫、ドウ」

馬をなだめてふりむいたら、岩場に竜がいた。

鳥ほどにみえる、空を飛ぶ竜をみあげたことはあったが、こんなに間近で竜をみるのは初めてだった。祖父の家の納屋ほどもある。緑のうろこのある体は、背中からしっぽの先まで剣のような背びれがある。体じゅうが、春の淡い光を強いものにしてはねかえしているようだ。翼はたたまれ、水がめほどもある目は緑色だ。

「ミア、村を出るのよ」

竜は口を開きもしないでそういった。ミアの頭の中に声がした。その声は女の人の声だ。女の人の声とは、ミアには意外だった。

ミアは首をふっていた。ここまで来ても、竜は、まちがいだというと思っていた。

「母親と同じね。チャンスをむだにするの」

竜の緑の目がチロリと光った。

思いがけないことをいわれたミアは、とまどった。ミアの母が、竜に呼ばれた子だとは知らないでいた。そして、村を出ることを拒否したこともだ。母のことも、竜の呼びだしを拒否することができることも知らなかった。誰も教えてくれなかった。どちらも不名誉なことだからだろうか。

「私の母は二のおばだわ」

かすれた声がやっと出た。

「あら、そうなの。二のおばは村を出たわ」

竜は、どちらの母と同じ道を行くのだと、きいていた。

「おまえの母は臆病者だった。せっかく呼んでやったのに、ことわったのよ」

ミアは、私も臆病者でいいと思えた。ことわろう。二のおばも祖父も怒るかもしれない。でも、誰もが、どうしてミアなのだといぶかしんでいる。まちがいだったと思ってもらえるかもしれない。この村を、二のおばのそばをはなれるのは怖い。外の世界が怖くてたまらない。

ことわろうと顔をあげたミアの言葉が出る前に、

「そのくせ、何年もたってから、村から出してくれといったわ」

竜の緑の目が、またチロリと光る。

「母が、村を出た――」

ミアも、二のおばも祖父母たちも、母は死んだと思っていた。

「一度村を出してやるといったのだもの、今から出してくれてもいいはずだといいはったのよ。私には、ちがう生き方だってあるはずだって」

竜は、はきすてるようにそういう。

ちがう生き方――。ミアのいない、ミアを捨てていく生き方だ。

「あんな女をみたことがなかった。おもしろいから、村を出してやったわ」

乾いた笑い声がミアの頭の中で渦を巻く。耳からきこえてくる声ではないのに、ミアは両耳をふさいでいた。

死んだと思っていたから、うらみもしなかった。

ミアのような赤ん坊を育てられない弱い人だったのだと、あきらめてもいた。なのに、どこかで生きている。

ミアは、母の人生から切り捨てられたのだ。ミアなどいなかったかのように、村の外で生きている。

裏切られたような、悔しいような、腹だたしいような、悲しいような、いろいろな思いが、ミアの心を渦巻いていた。こんな思いをしたのは初めてだった。

「おまえも、母と同じ道をたどるの？」

竜は、おもしろがっている。

「私の母は二のおばだけだわ！」

ミアは、足をふみならしていた。こんなに声をはりあげて、誰かに食ってかかったことなどなかった。

私でも、こんなふうに誰かにはむかうことができる。ミアはおどろいていた。でも、心の中からわきあがる思いはとめようがなかった。

「ミア、村を出るわね」

ミアはうなずいていた。うなずいている自分が信じられない。でも、また、うなずいていた。

「十日後の朝、ここで待っててよ」

竜はぐるりとふりむいた。太いしっぽの先がチロチロと動いた。

ミアは、恐ろしいいきおいで馬を走らせて家へ帰った。そして、そのまま熱を出して寝こんだ。

熱にうかされながら、どうして私が呼ばれたのだろう？　と、そればかり思った。

不安で不安でたまらない。二のおばがいたから、なんとか生きてこられた。二のおばからはなれて、たった一人でどうやって生きていくのだろう。

かといって、ミアを捨てていった母のようにことわるのもいやだ。私は、母と同じではない。母のようにはならない。なのに、母と同じ道を行くのねとあざ笑う竜が、夢の中に何度もあらわれた。

そんなミアの枕もとに、二のおばは衣装をつくりながらずっとすわっていた。

「ミアは、ここを出て生きていける」

「村ではみられないものをみてきいて感じて、楽しいわよ」

「自信をもつの。あなたは私が育てた子よ」

二のおばの声が、竜のあざ笑う声を押しもどしていく。

三日寝こんで、ミアの熱はやっと下がった。

「怖いの、怖いの。村の外へなんて行けない」

ミアは泣いてばかりいた。

「みんな怖いのよ。私だって、村の外へ出るのは怖かったわ」

二のおばは、誰でも怖いのよとうなずいた。

「二のおばでも？」

「怖かったわ。でも、一歩、ふみだすの」

「二のおばは、村を出てよかったと思ってる？」

「もちろんよ。ミアだって、きっとそう思うわ。私の娘だもの」

そう言う二のおばは、ほこらしげに見えた。

二のおばが、ミアを自分の娘だと呼んだのは初めてだった。ミアは、二のおばを母親だと思っていたが、二のおばは実の母に遠慮してか、娘と呼んでくれたことはなかったのだ。二のおばの娘なら、なんでもできると思えた。私は、この人の娘だ。村を出ても、一人でも、生きていける。やっと、そう思えた。

ミアは、うなずいた。今度は熱は出なかった。


ミアが思ったとおり、二のおばは、ミアの衣装をつくっていた。羊毛、木綿、絹のチュニック*。その下にはくズボン。チュニックにしめる帯が五本もあった。その帯をみた誰もが目をみはった。ていねいな刺繍で、やさしい小花。派手な大輪の花。空と鳥の模様。冬と春のこの村の景色を刺したものもあった。

この帯なら、王宮へもしていけると、村を出たこともないのにおばたちはささやきあった。二のおばでも、一年や二年でできる仕事ではなかった。

「二のおばは、いつから私のしたくをしていたの？」

*チュニック…丈の長い上着

誰もがききたいことだったろう。

「ミアは、パミの一歳の祝いを覚えてる？」

ミアはうなずいた。


村の子どもの一歳の祝いは盛大だ。祝いにもちよられた麦、野菜、花、金、宝石、糸、笛、太鼓、筆。いろいろなものをその子のまわりに並べて占いをする。よちよち歩きだした子は、自分のほしいものへ手をのばす。パミは麦を選んだ。

「この子は働き者になる。一生食べ物に苦労しない。幸せな子だ」

祖母はそういって喜んだ。

「あなたも、占ったのよ」

ミアは、そんな覚えはなかった。

一歳のころは、起き上がることもできなかったそうだ。祝いをしてもらったとは思えなかった。

「私が、やっと歩きだした三歳のあなたを占ったの。私がもっていた思いつくかぎりの品物を並べたわ」

「私は何か選んだ？」

「何も」

二のおばは首をふった。そうだろうとミアは思った。小さいころも今も、自分が何か選ぶなどとは思えない。

「私が並べたものになど、みむきもしなかったわ。窓へまっすぐにむかって、そこからさしこむ光に手をのばしたの。そうか、ミアはそういうものがほしいのか。ミアがつかみたいものをつかませてあげよう。私はそう思ったの」

二のおばは幸せそうにほほえんだ。

光などつかめるはずがない。二のおばは、思いこみがはげしいだけだ。

「私はつかみたいものなどない。村にいてもいい」

ミアはうなだれた。

「ミアは欲ばりよ。気がついていないだけよ」

二のおばは、このままでいいというミアを、初めてきつい目でみた。村を出ていけるんだ。行かないでどうするといっていた。でもすぐ、

「私は、ミアにかわいそうなことをしたのかもしれない」

と、つぶやいた。つぶやいたが、ミアにはきこえた。

「ミアは、私の娘になった。これは運命だわ。欲ばりな私の娘に」

二のおばの手は、赤ん坊のころのようにミアの頭をなでていた。やはり、二のおばは、ミアを竜が呼ぶ子どもに育てようとしたのだ。

二のおばは、村の外で何をしていたのかは、どうしても教えてはくれなかったが、村を出たことも、つれもどされたことも後悔していないようにみえた。ミアは、二のおばのようになりたいと願った。母のようにはなるまいと思った。死んだことになっている母が、村の外で生きているとは誰にもいえないでいた。まして、やっと娘だといってくれた二のおばには、いいだせなかった。


ミアの荷物は柳で編んだトランク三つにもなった。二のおばは、それに素焼きの鉢に植えかえたジャの苗を加えた。

「大事に育てなさい。薬のつくり方は知ってるわよね。ジャは、この村の者がいるところでしか育たないし、できた薬は、この村の者がつかわないかぎりただの油で、ききめなどないわ。きっと役に立つ。ミアが土のあるところで暮らすのならいいけど」

二のおばは心配げにそういった。土のないところが、この世にあるなど思いもかけなかったミアは、また外の世界に恐れをいだいた。

ジャの薬をきざんで酒で煮だした汁を油にねりこんだ薬は、きり傷にもやけどにもよくきく。ミアはその薬を一人でつくれるようになっていた。

第章　王宮へ

ミアが旅立つ日、祖父の庭にスミレが一輪咲いていた。

毛織りのチュニックに鳥の模様の帯をしめたミアは、祖母からゆずりうけたストールを頭からかぶった。

荷物をくくりつけた馬にまたがってもすすり泣いているミアをみて、祖父でさえ涙をみせたが、二のおばは泣かなかった。

竜は、泣いているミアをみて、

「あら、あら」

とあきれた。

ミアは竜の首にまたがり、竜は足にミアのトランクをぶらさげた。

ミアを乗せた竜は、なごりをおしめというように、谷底の村の上をゆっくりと一回りした。祖父の家の前で、ミアをみあげて手をふる二のおばたちがみえた。今まで、どんなに小さな世界にいたのか、この小ささにどれほど守られてきたのか、痛いほどわかった。竜は一回りしただけで、あとは崖をまっすぐにかけあがった。

崖をやっとかけあがったら、赤茶けた大地に出た。むこうに森がみえたと思ったのに、あっというまに雲の中だった。雲の中でもミアはまだ泣いていた。

「いつまで泣くの？」

ときかれても、ミアは涙をとめることができないでいた。

「どんなところへつれていかれるのか気にならないの？」

そうきかれて、泣いている場合ではないとやっと気がついた。

「土のあるところならいいわねって、二のおばが――」

しゃくりあげながら、なんとかそういう。

竜に呼ばれた子は、竜の選んだ場所で生きていかなければならない。竜は、その子にみあったところを選んでくれるはずだと二のおばはいった。子のない家にもらわれていく子もいる。大きな屋敷の使用人になる子、職人の弟子になる子、中には魔女の屋敷に行く子もいるといった。

「そう。そうね。あそこに、土はあるわ」

竜はそういっただけだった。

雲から出ると緑の平野がみえ、その中に小さな集落もみえた。その集落がだんだん大きなものになっていく。鳥のほかに、空を飛ぶ竜もみえた。

「あれは都？」

大きな川の真ん中に、石づくりの城壁をもつ、大きな都があった。城壁の中は網の目のように道が走っている。何か変だった。

「橋がない」

ミアは不思議だった。いちいち舟でわたるのは不便だ。

「ミアの村ほどではないわ」

私の村ほどではない？　深い谷底の村。外へ出る手段は、この竜一頭だけだ。

「都の人たちも閉じこめられているの？」

「守られているともいえるわ。都の人たちは舟ももたないのよ。でも、私たちのように飛ぶものがいるし」

「竜と――」

ミアは、あとは――と考えた。ほうきに乗って飛ぶ魔女たちということだ。ミアは魔女をみたことがない。今も空を飛んでいるのは鳥と竜だけだ。

「魔女も空を飛ぶのでしょう？」

「そう。昼の空は私たち日に属する竜のもの」

日に属する竜は、昼に飛ぶ。月のある夜の空を、魔女が飛ぶということらしい。

都は川の中のほか、切り立った岩山の頂上にもある。自由に出入りできるのは、飛べるものたちだけだ。敵から守っているのだ。

岩山のてっぺんにある都をこえると、とうとつに巨大な岩壁が目の前をさえぎった。ここが、この世のはて、境界だというように高く広く巨大な壁はつづく。

竜はその壁へむかっていた。赤茶けた岩壁の上の一か所からもくもくと白い湯気がふきだしていた。

強い風が吹いた。風はその湯気を吹き飛ばす。赤茶けた岩壁に瑠璃色の大きな鉱脈が斜めに走っているのがみえた。湯気はその鉱脈から立ちのぼっている。風がやむとその鉱脈は湯気で

みえなくなり、風が吹くとまた、ミアの目に入った。深い蒼色。

「きれい」

ミアの口から思わず言葉が出た。

「王宮よ」

竜はそういった。あの瑠璃色に光るものが王宮だという。

竜は王宮へ近づいていく。風が吹くたびに、瑠璃色の鉱脈にほりこまれた王宮の手すりのある廊下、二層三層につらなる窓らしいものがみえてくる。瑠璃色の大きなテラスが半円状につきだしているのもわかった。

「私、王宮に――」

竜は、あちこちから湯気をふきだしているそのテラスにおり立った。

ミアは、つぶやいた。王宮で暮らすのだと、やっとわかった。ミアはこおりついていた。村の外でも、どこか大きめの村か町で暮らすのだと漠然と思っていた。谷底の村で、二のおばと暮らしていたのとそう変わりのない暮らしができるのだと思っていた。

「おりて」

竜は体をゆする。

ミアはふりおとされた。竜はミアとトランクを残して、もう飛びたっていく。

「あ、ああ」

ミアは空へ手をのばした。銀色の竜の体はピカリと光って青い空へ消えていった。

ミアは、空と雲しかみえない広いテラスにとり残されて途方に暮れていた。

竜が何十頭も一度におりられるほど広い。そして、こんな高いところに立ったことはなかった。

テラスのふちにいるわけじゃないのに足がすくむ。テラスの床のあちこちから上がる蒸気は熱くしけっている。

風が吹いては、その湯気を吹き飛ばしていく。ミアもいっしょに飛ばされてしまいそうだ。

「待て！」

後ろで声がした。荒々しい足音もきこえる。

テラスの奥は瑠璃色の崖にうがたれた王宮へのトンネルだ。でも、今は白い湯気でトンネルの入り口も隠れている。その湯気の中から一人の若い男が飛びだしてきた。

その男は、追われているらしいが、あまりせっぱつまったようではない。走り方に余裕がある。

そのあとを四、五人の人が追いかけてくる。この人たちの足音が荒々（あらあら）しい。男も女もいる。

「早くつかまえろ！」

また一人大きな男の人が大股（おおまた）でやってくる。その男の人のかざり帯（おび）にさげた斧（おの）は金色だ。

また強い風が湯気を吹（ふ）きはらった。

テラスのはじへ走っていく若（わか）い男の人の姿（すがた）も、そのあとを追う人たちもはっきりとみえた。

ミアにも、その男の人は、つかまるのだろうと思えた。テラスのはじにいるのだ。もう逃（に）げられない。

なのに、その男の人は立ちどまらなかった。軽（かろ）やかに走りつづけてテラスのふちから飛（と）びだしていく。

ミアの口は大きく開いたが、声は出なかった。

「おろか者め！」

金色の斧（おの）をさげた大きな男の人が、片足（かたあし）をどんとふみならした。

追いかけていた人たちは、腹（はら）ばいになってテラスのふちにしがみついている。

「あーっ！」

どこまでおちたのだろう。今ごろ悲鳴がきこえた。

金色の斧をさげた男の人は、もうきびすをかえしてトンネルにむかってしまう。テラスのはじに腹ばいになっていた人たちも、のろのろとたちあがった。

「途中で助けが来ないことに気がつきおった」

「あの声！　今夜は眠れないぞ」

「自信たっぷりに、飛びだしていったわ」

「魔女は裏切るのよ」

風に乗って、その人たちの声がミアまでとどいた。

ミアも、あの悲鳴を思いだしていた。あの若い男の人は、テラスから飛びおりても、助けが来ると信じていた。空を飛ぶものだ。魔女が助けに来ると信じていたのだ。なのに、助けが来ないとわかって初めて悲鳴をあげた。魔女は裏切るといった。裏切られたのだ。

ミアの足はカタカタふるえだした。

テラスのふちにいた人たちがもどってくる。やっと、ミアに気づいた。

「こんなときに、誰が谷の子などひきうけたの？」

彫刻のようになめらかな肌でととのった顔の女の人が、きつい目をミアにむける。高く結い上げた漆黒の髪が、左の耳のあたりだけはけではいたように白い。

「ウスズ様の部屋子かと」

誰(だれ)かがこたえた。ミアはウスズ様という人のところへ来たらしい。

「チッ！」

その女の人は、いまいましげに舌(した)うちをしたが、もうミアのことなど忘(わす)れたように、はや足で行ってしまう。ほかの人たちもあとにつづいた。

「私(わたし)はスチ」

ミアより少し年上らしい女の子だけが残(のこ)って、ミアのトランクに手をのばす。

ミアが名を名乗ろうとすると、いらないと首をふる。

「今日からは谷の子と呼(よ)ばれるの。いい？　それにしてもこの荷物！」

スチはおどけたように目をみはってみせた。

ミアは残(のこ)ったトランクとジャの鉢(はち)をかかえてスチのあとを、ふるえる足で追った。

「あ、あの人、死んだんでしょう」

声もふるえていた。

「人間は飛(と)べないでしょ」

スチは、瑠璃色(るりいろ)の石に竜(りゅう)を二頭ほりこんだかざりのあるトンネルへ入る。中はぽっとあたた

かい。なのに、ミアの体はふるえていた。

「あの人、悪いことをしたんですか？」

「そうよ」

　あとは話すつもりはないと、スチの背中がいっていた。そのままふりむきもせず歩いていく。

　罪人の村といわれるミアの村でさえ、死は尊厳をもって悲しみ弔う。ここは、怖いところだ。ミアは体のふるえを、歯を食いしばることでおさえようとしていた。

　トンネルをぬけると、天井のない大きなホールだ。ホールの奥にまたトンネルが一つあり、ホールから崖側にそって右と左に手すりのある廊下がのびていた。斜めに入った鉱脈にそって廊下がのびているせいか、東側の廊下はのぼりぎみで、西側の廊下は下りぎみだ。

「中央ホールのトンネルのむこうは奥むきと呼ばれて王族が住んでいるの。あっちは日の棟、日に属する者がいて」

　スチは東側の廊下を指さし、

「こっちは月の棟。月に属する者たちが住んでいるの」

と、西側の廊下に進む。

ゆるい下りの廊下を進みながら、ミアは月の棟へつれていかれるのだと思った。月に属する者たちが暮らすところへだ。ミアは竜の言葉を思いだしていた。竜は昼の空を、魔女は夜の空を飛ぶといった。月に属するというのは魔女のことだろう。

私は魔女のところへつれていかれる。ウスズ様とは魔女のことだ。

ミアは魔女をみたことがない。村では、魔女を忌み嫌う。さっき、テラスからおちた男も、魔女に裏切られたといっていた。魔女と暮らすのはいやだった。ミアの思いとは逆に下り坂の廊下は、ミアたちの足をはやめていた。

月の棟の廊下には、たくさんのドアと中ほどに一つのトンネルがあったが、誰の姿もなく静まりかえっている。スチは行き止まりにあった、小さなトンネルをくぐった。

「ここがウスズ様のお屋敷」

またホールに出た。中央にお湯をふきだしている噴水のようなものがある。ここのホールには天井があったが、崖側に壁はない。そこから吹きこむ風が、噴水の蒸気を巻きこんでヒューという音をたてた。

スチはその音にまゆをよせながら、

「ここがウスズ様の竜だまり。竜がねとまりする場所よ。といっても、今は竜はいないけどね」

と、竜だまりにあるたった一つのドアをたたく。

「ウスズ様。谷の子が来ました」

と声をかけると、返事も待たずにドアを開けた。

スチは、ここは竜だまりだといった。竜がいるはずなのだ。ということは、日に属する者ということではないのかと、ミアは首をかしげていた。ウスズ様は、魔女ではないかもしれない。ミアは、ほっとしていた。

「入って!」

スチが呼んでいた。

お屋敷というから広い部屋を想像していたが、こぢんまりとした一部屋だ。スチが動き回ったせいか、窓からさす光の中にほこりがまいあがって光っていた。ほこりだらけだったが、家具は祖父の家のものより立派だ。机にもチェストにも彫刻がしてある。机の上に燭台があり、ぜいたく品のろうそくもあった。

「ぼんやり立ってないのよ」

スチはおけに、竜だまりからお湯をくんできた。ほうきもあった。

スチと二人で、厚くかぶったほこりをはらい、ふき掃除をする。

「ウスズ様は——」

ミアは、どこにいるのだと声をひそめてきいていた。

「いらっしゃるわ」

「どこに？」

「この部屋のどこかに？」

スチはそういう。ミアには、わけがわからない。

「とにかく、あなたは、ここで暮らすことになるのよ。ベッドが一つしかないけど、あなたどうする？　あなたの前にいた部屋子はどうしていたのかしら」

スチが首をかしげている。

「私の前にも、その、ウスズ様といっしょに誰かいたのでしょうか？」

「いたはずよ。お屋敷に部屋子の一人もいないはずがないもの。でも、しばらくは、誰もいなかったの。ウスズ様のお屋敷に部屋子をおくのは、本当に久しぶりのはずだわ」

「どうして、私はここへ呼ばれたのでしょう？」

ミアには、何もかもわからないことばかりだった。

　どうして村を出る子に選ばれたのか？　どうして王宮へ来ることになったのか？　それがどうして誰もいないようなウスズ様のお屋敷なのか？

「魔女様たちが、ウスズ様のところに部屋子がほしいって、アマダ様に頼んだみたいよ」

「アマダ様って——？」

「テラスにいらしたでしょ。アマダ様は、竜騎士の御頭様よ。今は戦いなどないから、王宮の取り締まりをなさってるわ」

「大きな男の人？　腰に金の斧をさげた——」

「そう。あの方がアマダ様。私の家は代々アマダ様におつかえしている部屋子よ。竜と竜騎士は日に属しているから日の棟で暮らしているわけ。今日は衣装のつくろいで、うんざりしていたの。私、お針は苦手よ。あなたの手伝いのほうが楽だわ」

　スチは、やっと部屋の掃除が終わったと、あたりをみまわした。

　ミアは、台所がないことに気がついた。あたりは暗くなりだしている。ミアは、朝ごはんを食べたきりだった。

「食事は、どうしたらいいのでしょう？」

「日の棟は日の棟で、月の棟は月の棟で、まとまって食べるの。ウスズ様は、日に属する方だから、日の棟で食事なさいな」

　スチはそういった。


「ここは月に属する者、魔女たちが暮らすところなのでしょう。でも、ウスズ様は、日に属するってさっきききました。どうしてウスズ様のお屋敷は月の棟にあるんですか？」

　日の棟へむかいながら、ミアは首をかしげていた。

「ふーん。谷の子でも王宮につれてこられる子って、ちがうのね。月の棟は魔女様たちが暮らすところだって、私は教えていないのに」

　スチは、頭一つ小さいミアに目をみはった。二のおばがいう、よくきいてという教えをほめられたようで、ミアはうれしかった。

「ずっと昔のことだけど、日の棟の者たちが、ウスズ様のお屋敷を気味悪がったそうなの。それでも、ウスズ様は、今の王族を王座にみちびいた伝説の勇者よ。そのウスズ様のお屋敷を王宮からなくしてしまうことはできなくて、魔女様たちが月の棟にひきうけたそうよ」

　誰もいないお屋敷のどこが気味悪いのだろう？

　ミアは気になった。そのことをきく前に、スチが話し始めていた。

「昔、兄の斧の民と弟の弓の民が王座を争う長い戦をしたのよ。それぞれに味方する竜や魔女の力も互角だったときくわ。そんなとき、斧の民の竜騎士のウスズ様と、弓の民に味方していた星の音と呼ばれる魔女が恋をしたの。星の音はウスズ様の命を救うために弓の民を裏切った。それで今の斧の民が王座につけたといわれているわ」

　ウスズ様や星の音の名前は知らなかったが、その昔話はミアも知っていた。

　ミアの一族は、裏切られた弓の民だ。

「その報復に弓の魔女の一人が、呪いをかけたの。たしかにウスズ様と星の音がウスズ様のお屋敷にいたはずなのに、ウスズ様の竜ごと姿が消えていたそうよ。一人いた部屋子が、ちょっと目をはなしたすきだったというわ。その部屋子がしばらくお屋敷を守っていたんだけれど、部屋子もいつのまにか王宮から姿を消したの。部屋子は、弓の魔女に誘惑されて呪いの手引きをしたとも、弓の魔女の呪いをとこうと王宮の外へ出ていったともいわれているの。それで、ウスズ様のお屋敷には誰もいなくなった。そして、月の棟へ引っ越したというわけ。何百年も前の話だわ」

　わかった？　とスチはミアをみて、

「今、月の棟の魔女様たちは、ウスズ様に呪いをかけた弓の魔女を必死でさがしているの」

とつけたした。

「ウスズ様の呪いをとくためにですか？」

ミアは首をかしげた。

呪いをとくために必死だというが、いるはずだといいながら、ウスズ様のお屋敷はほこりだらけだった。何十年もほったらかしにされていたはずだ。

「というより、今、王宮でいやなことばかり起こるの。日の棟の竜が毒をもられて殺されたり、さっきの男は、身元もたしかな王宮の番兵だったんだけど、突然、王様に刀をふりあげたらしいわ」

スチは、怖いと体をふるわせる。

「だから、弓の魔女が、また何かくわだてているんじゃないかとアマダ様はうたぐってらっしゃるの。何十年か前にもこんな騒ぎがあったらしいのよ。月の棟の魔女様たちは、ウスズ様の呪いをとくことで、弓の魔女をさがすことができるかもしれないと思ってらっしゃるのだと思うわ。だから、ウスズ様のお屋敷に部屋子をおいてみたいって、アマダ様に頼んだのだと思う」

ミアは、アマダ様といっしょにいた女の人が、ミアをみて『こんなときに、誰が谷の子などひきうけたの？』と、はきすてるようにいったことを思いだした。

王宮は今、警戒態勢なのだ。そして、弓の魔女をさがす一つの方法としてウスズ様のことを、みなが思いだしたらしい。

「でも、どうして私なのでしょう？」

ウスズ様のお屋敷に誰かいれば、何かわかるかもしれないにしても、あの女の人がいったように谷の子などではなく、王宮の誰かでもいいではないか。

「怖がらせるつもりはないんだけど、どうせ、わかることだし。ウスズ様のお屋敷で泣き声がするのよ」

「誰もいませんでした」

「だから、気味が悪いんでしょ。幽霊屋敷って呼ばれてるの。それで月の棟へ追いだされたお屋敷なのよ」

「ゆ、幽霊屋敷――」

ミアは、なんとかそうつぶやいて、

「そ、それで、そこで暮らすのは、谷の子の私なんですね」

と、納得していた。幽霊屋敷で暮らすのは、帰るところのない谷の子ぐらいなわけだ。二のおばのいる村が、初めて遠く思えた。

ミアたちが月の棟から中央の大きなホールへ出たころには、すっかり日が暮れていた。

「夜になれば月の棟の魔女様たちは、弓の魔女をさがしにおでかけになるわ」

「私の村には、魔女はいませんでした」

「めずらしいわね。どんな村や町にも魔女はいてよ。谷の村にも、魔女がいるところはあると思うわ。月の棟の魔女様たちは、山奥やひとけのない海辺とかに隠れていると思ってらっしゃるけど、私は弓の魔女は魔女じゃないふりをして人の中で暮らしてると思うわ」

スチは、自分の推理にうなずいてみせた。

ミアは、魔女だとささやかれる二のおばを思った。

「どうやって、魔女だとみわけるんですか？」

「魔女は、人間の何倍も年をとるのが遅いわ。いつまでも若かったりするでしょ」

二のおばの顔にふえていくしわを思って、ミアはなんとなく安心した。

「私も弓の魔女をさがしに行きたいわ。王宮の中にだけいるのはうんざりだわ。魔女じゃないから、ほうきには乗れないけど、竜になら乗れるかもしれないもの」

スチは、あなたは乗ったんでしょとミアをみた。

「竜は怖かったです」

ミアは、空を飛ぶことより心の中までみとおしてしまう竜が怖かったといいたかった。

「竜はやさしいわよ。怖い方はほかにいてよ」

スチの言葉はどんどん小さくなったが、最後までミアにとどいた。

ホールをぬけて日の棟の廊下へ出る。トンネルがいくつもある。そのむこうはどこもみなウスズ様のところよりは広い竜だまりだ。竜たちの銀色の姿もみえる。竜たちは廊下からもテラスからも王宮へは入れないが、日の棟の竜だまりにはどこも天井がなかった。竜たちは、空から直接竜だまりへおりてくるのだ。

「ウスズ様のお屋敷に部屋は一つだけだったけど、日の棟の竜騎士のお屋敷には、部屋がたくさんあるわ。竜騎士の家族や私たち部屋子がいるもの。それぞれのお屋敷に竜は四、五頭いてよ」

スチは、日の棟のあちこちを指さした。

スチは、アマダ様のお屋敷は廊下の突きあたりだと指をさしたが、そこまでは行かず、廊下の途中のトンネルに入った。トンネルのむこうからがやがやと人の声と、おいしそうな食べ物のにおいがした。

トンネルのむこうは食堂だった。ミアはその広さに目をみはった。壁にたいまつがかかげられ、ろうそくがともされたテーブルが、中央にある調理場をかこむように並べられている。ほとんどのいすは人でうまり、おしゃべりしながら煮たり焼いたりする調理人をみるともなしにみている。日に属する人たち、竜騎士とその家族、部屋子たちなのだろう。お年寄りから子どもまで、ミアの村全員、いやそれ以上の人がいるようにみえた。

ミアは、入り口に近いテーブルのはじにスチととなりあってすわった。

ミアは、目の前の食器におどろいた。ミアの村では、三食かゆだ。祝い事があれば、濃くねったかゆを蒸して、肉や野菜でつくったソースをかける。木をくりぬいたわんと皿があればたりる。王宮の食器は鏡のようにみがかれた銀だ。一人一人の前に銀の皿が何枚もつみかさなり、ボウルも大小あわせて何個も並んでいた。

人の声が突然やんだ。みな、息をとめるようにして入り口をうかがっている。ミアも、こっそりふりむくと、アマダ様が五、六歳の男の子の手をひき、何人かをひきつれてはや足で入ってきた。アマダ様の一行は、ミアの真むかい、部屋の奥中央のテーブルについた。

それが合図だったように、黒い板をかかえた二人の男が、アマダ様の前からゆっくりと左右にわかれて歩きだした。

「ほう、今晩は海ガメのスープか」

静まりかえった食堂にアマダ様の声がひびいた。男たちがかかえる黒い板に、食事のメニューが書いてあるらしい。

「はい。月の棟からいただきました」

板をかかえた男がこたえた。

「魔女殿たちは、海へもでかけておるのか」

アマダ様は、感心なことだとうなずいた。

「それぐらいしていただかなければ、あまりに情けのうございましょう。いまだに弓の魔女一人さがしあてられぬなど、月の棟の魔女様たちの怠慢としか思えませぬ。あげくに人をふやすなど！」

きいたことのある女のとげとげしい声がする。スチも、ほかの人たちもみな、その声をさけるように頭を下げる。テラスでみた左耳の上に白髪のある女の人だ。

ミアも、スチたちをみならってちぢこまった。人がふえたというのが、自分のことだなんて思いもしなかった。

「おお、そうだ。今日から月の棟のウスズ殿のお屋敷に、部屋子として谷の子が来た。みな、

みしっておくように」

アマダ様が、どこにいるというようにあたりをみまわす。スチが、立てとミアをつついた。

ミアは、のろのろとたちあがり、頭を下げ、そのまますわろうとした。

「谷の子など、山ザルより手が悪い。おいで」

女の人の声が、ミアの体につきささるようだ。

「行って、早く」

スチがささやく。

ミアは、その女の人のほうへのろのろと進んだ。女の人は、自分のとなりを指さす。そこにいた男の人が、そそくさと席を立った。ミアがそこへすわると、女の人の反対どなりにいたアマダ様といっしょにいた男の子が、身を乗りだしてミアをみた。

「サルじゃないよ、リリス。女の子だ！」

男の子は、女の人をリリスと呼んだ。

「山ザルよりひどいといったのです。今、王宮に谷の子など！　作法をみてあげる。ここで食べなさい」

リリスのまゆがよる。

「やれやれ、食べた気にもなるまいに」

誰かが、気の毒げにつぶやいた。リリスの視線が、その人に音をたてるようにつきささる。

リリスは、ミアの食事作法のあらをみつけて、いじめるつもりだ。それは、ミアにもわかった。

食堂じゅうの注目をあびてうつむきそうになる。そこをなんとか頭をもたげて背筋をのばした。二のおばは、食事のとき、姿勢が悪いことを嫌った。目をあげたものの、どこをみていたらいいかわからず、ミアは、目の前を通りすぎていく黒い板をみていた。山ザルあつかいより、食堂じゅうの人たちにみつめられていることにたえられなかった。

泣いてしまいそうだったが、手は動いた。二のおばが一か月に一度、おもしろがってする食事会と同じだとすぐわかった。

「ほう」

ミアのとなりにいたおじいさんが、ミアの作法をみて声をあげた。

「ミアは偉い人。私は身分が低いの。まあ、いつ死んでもいいっていう身よ。だから、毒が入っているかもしれない料理を身分の低い者から食べるの。肉のかたまり、かたい野菜は、自分の席から二十席下にいる人が口に入れて三十数えてから食べ始めるの。やわらかいかゆやスープは、となりの人が口へ入れてから十数えて、ミアが食べるのよ。どんな料理が出るかは、食事の最初に知らされるから、きちんと覚えておくのよ。数える間隔は、これぐらい」

二のおばは、ひざをたたきながらそういった。

村では偉い人から、祖父から先に食べる。考え方がちがう。王宮は、人を疑う食べ方だ。銀の食器は、毒をもれば色が変わるのだろうし、調理場をみながら食べるのも、毒の混入を警戒してなのだろう。

ミアは、自分から二十下の席にいるおばさんと、となりのおじいさんの食事に目をやった。緊張していた。

ミアは、緊張していても数えることはできた。遅くもはやくもなく、料理を口に運べた。肉をむしった手を洗うボウルも、野菜をつついたフォークの先を洗うボウルも、まちがえなかった。

となりのおじいさんが、目をみはる。

「谷の子、次の料理は何？」

七品の料理のあとにリリスがきく。

「緑と黒の豆を酢につけたもの」

いつも残して、二のおばにしかられていた。食事の毒消しだともきいた。

「字も読むのか！」

おじいさんが声をあげる。リリスは、いまいましげに鼻をならした。

食事の最後に甘いお茶が出た。味がわかったのはそれぐらいだ。

「どこが山ザルじゃ。立派なもんだ」

テーブルのむこうにいたおじさんが、感心したようにいった。

目のはしに、リリスのひざにおかれたこぶしが、にぎりしめられてすじが立つのがみえた。

「谷の子、食事のたびに日の棟まで来るのはつらかろう。月の棟で食べても、自分でつくって食べてもよいぞ」

アマダ様がいう。

「アマダ様、この子は日の棟の者です」

こわばったリリスの声がする。

顔をみなくてもけしきばんでいるのがわかる。

「固いことをいうな。まだ幼い子だ。食事に三度来るだけで一日が終わるぞ」

誰かがそのとおりだと笑いかけて、はっとしたように口をつぐむ。リリスがにらみつけたにちがいなかった。

「ウスズ殿の部屋子だ。ウスズ殿は特別だ。谷の子、好きにしろ」

アマダ様はそういって席を立った。悔しげなリリスや、男の子もあとにつづいた。

アマダ様が出ていくと、となりにいたおじいさんが、

「本当に谷から来たのか？　都の裕福な商人の子でも、王宮の食事作法にはなかなかついていけん。あのリリスも口をはさめんかった」

と、小気味よげに笑う。

「でも、すっかりリリスを怒らせてしまったわ。谷の子が来たから、今日は日の棟で食事をするといいだしたのよ。はじめから谷の子をいたぶるつもりだったわ」

むかいにいるおばさんが、なんて女！　とまゆをよせた。

「谷の子、気をつけろ。リリスのことだ。恥をかかされたとうらんでおるぞ」

「奥むきとの連絡係を、ほかの方にかえていただきたいわ」

奥むきとは、王族がいる場所だ。

食堂じゅうの人たちがため息をつく。リリスは、嫌われ者らしい。

「谷の子、アマダ様が好きにしろとおっしゃった。しばらく、ここへは来んほうがいい」

誰もがうなずいた。

「ともかく、今夜は、あのリリスの顔をさかなに、うまい酒が飲めるぞ」

おじいさんたちは、席を立っていった。

食事は終わったのに、ミアの足には力が入らず、たちあがることができない。

テーブルにはもう誰もいない。調理場の人たちが後かたづけをしているが、ミアをみようともしない。リリスの気にさわった谷の子などにかかわりたくないのだ。親しくしてくれそうだったスチの姿もない。スチのいう怖い人というのは、リリスのことだ。

のろのろと日の棟の廊下に出る。行きかう人もいるが、やはりミアから目をそむける。

下り坂の廊下をミアは、転がるように走っていた。月の棟の廊下に、かがり火はともっているものの、誰の姿もなかった。魔女たちは、まだでかけないらしい。革のサンダルをはいたミアの足音がひびくだけだ。誰もいない廊下で、こらえていた涙が出た。よるべのなさが身にしみた。

ウスズ様の屋敷へ飛びこんでほっとする。ほっとしても暗やみは怖い。ろうそくをもって廊下へ忍び出た。魔女たちに会うのはいやだった。かがり火から火をもらった。

明かりをともした小さな部屋は、ミアをあたたかく迎えてくれるようだった。眠ろうと思った。王宮の鉱脈の下にお湯が流れているらしい。ほかりとあたたかい。ミアは、床に毛布をしいて眠るつもりだった。

チェストから毛布を出して、床へ広げたら、間にはさまっていたらしい小さな袋が転がり落ちる。麻の袋だが、底が焼けこげてぬけていた。どうしてこんなものがあるのだろう。役に立たないと思いながらも、捨てるわけにはいかず、またチェストにしまった。

幽霊屋敷と呼ばれているらしいが、誰もいないこの部屋がミアにはありがたかった。生まれて初めて他人ばかりの中にいたミアの緊張がほぐれていく。身も心もくたくただった。ミアは、いつのまにか床にしいた毛布に倒れるように眠っていた。

第三章　ウスズ様の正体

声がしていた。女の人の声だ。二のおばの声かとうれしかったが、ちがう。何人もの声だ。

「寝ておる」

「今日来たばかりというに、きもが太いわな」

「そうでもないようじゃ。ほほに涙のあとがある」

「あのリリスから一本とったらしいぞ」

「ほう。それは、頼もしいのぉ。さすが銀の羽だ。王宮に谷の子はどうかと心配したんじゃがな」

「谷の子に思いいれがあってなぁ。昔、かわいそうなことをしてしまったんじゃ」

声はそうささやいている。魔女たちの声だ。魔女の一人が、谷の子を呼びたいといったらしい。ミアにはそうきこえた。

「それにしても小さい。これで十歳か」

「なに、体などすぐ大きゅうなるわ」

「ウスズ様の呪いをとく子になればいいが」

「まあ、みてみようぞ」

「ウスズはあれで、気むずかしいでな」

「今日は、どこをさがそうかの」

「わしは、西の岬まで行ってみる」

「それは、ご苦労なことだ。三日は、帰ってこれまい」

　声は遠くなる。魔女は出ていくようだ。なのに足音がなかった。

　ミアは、こわごわ薄目を開けてみた。足音がしないはずだ。フードをかぶったマントの魔女たちが、ほうきに乗って部屋を出ていくところだ。何人いるのだろう。部屋じゅうに魔女がつまっていたようだ。最後の魔女の姿が消えて、ミアはほっと息をはきかけた。

「起きておるんじゃろ」

　突然声をかけられて、ミアはとび起きた。

目の前におばあさんの顔があった。ひっと声をあげておしりで後ずさる。ほうきにまたがっていても、尻もちをついたミアよりほんの少し大きいだけだ。キラキラ光る銀色の髪が、フワフワとかわいらしい顔をふちどっていた。

「ま、魔女？」

顔だけみたら、ミアの祖母のような普通のおばあさんだった。

「魔女をみるのは初めてか？」

ミアはうなずいた。

「おまえの村に魔女はおらんのか？」

ミアはまたうなずいた。魔女の目が、ほうというように大きくなった。おもしろそうにミアをみていた目に、なにやらさぐるような色がみえだした。

「あなたが銀の羽？」

谷の子を呼びたいといった魔女の名前を出してみた。

「だいぶ前からきき耳を立てておったな。きかれたからにはしょうがないが、むやみにわしの名は呼ばぬこと。よいな。魔女は自分の名を秘す。呪いをうけやすくなるでな」

魔女は怖い顔になった。この魔女が銀の羽だ。

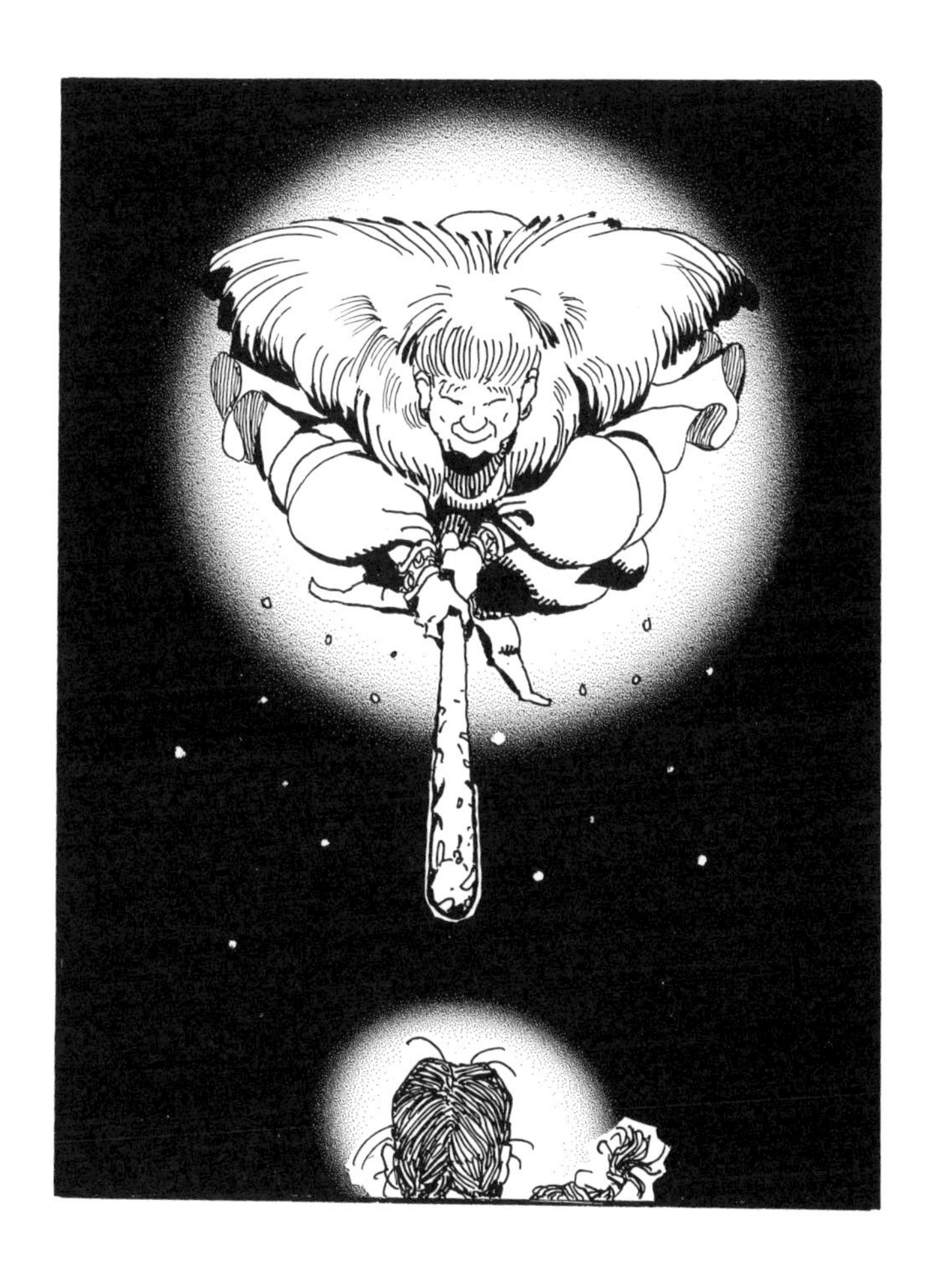

「谷の子を一人と頼んだだけじゃ。谷の子なら誰でもよかった。うぬぼれるんじゃない」

銀の羽は、もう部屋を出ていこうとしていた。

やはり、幽霊屋敷で暮らすのは、逃げ帰るところのない谷の子がいいということらしい。でも、王宮の食事作法を教えこんだ二のおばの思惑が、どこかにからんでいるような気がしてしょうがなかった。

そんなことを思いながらも、もっと大事なことをきくんだったと、ミアは、銀の羽を追いかけた。

「私は、どうすればいいんでしょう?」

「好きにしておれ」

銀の羽は、そういった。

その銀の羽が、部屋のすみにおいた鉢に目をとめた。

「ジャじゃな」

と、ミアとジャの苗をみくらべる。

「おお、そうか。うん、うん」

銀の羽は、何度もうなずいている。どこかうれしげにみえた。

「植えかえろ。たいせつに育てろ。おまえの武器になるやもしれん」

銀の羽は、竜だまりへ出ていく。

「土はどこにあるんですか？」

王宮は瑠璃色の鉱脈の中だ。ミアは、王宮で土をみていなかった。

「土は上にある。谷の子、汗くさいぞ。湯あみぐらいしろ」

銀の羽は、空へ飛びだしていった。

上って、どこの上だと思いながら、自分の体をかいでみた。汗ばんでいることはたしかだが、においは気にならない。魔女は鼻が敏感らしい。ミアは、トランクから着がえをとりだした。スチがミアの荷物の多さに目をみはっていたが、二のおばがつめてくれた衣装は、毛織りのものは今着ているものだけだ。二のおばは、ミアは、あたたかいところ、王宮で暮らすと知っていたような気がしてしょうがなかった。

竜だまりの噴水で髪まで洗って、毛布の上にすわりこむ。二のおばを思いだしたせいか、また涙が出た。さっき、眠ってしまったので、なかなか眠れない。そして、ミアの泣き声にあわせるように、どこからか泣き声がきこえだした。その泣き声は、両手で耳をふさいでも、ミアの耳に忍び込んでくる。
ミアは、竜だまりに逃げだした。崖にうがたれた竜だまりの入り口にすわりこんだ。三日月だった。その下遠くに明かりがみえる。竜の背でみた岩山のてっぺんにある都の明かりだろうか。その明かりは一晩じゅうともっていた。

王宮での初めての夜が明けた。朝焼けの中、一人二人と帰ってくる魔女もいた。ミアは、あたりがすっかり明るくなるまで、王宮からみえる風景にみとれていた。ずっと下に緑の森があった。岩山の都もみえた。遠く長く光るものは川だろう。ミアの村は、どこにあるのだろうと目をこらしても、見当もつかなかった。村をさがすことをあきらめて、やっとのろのろとたちあがった。
何をしよう。そうだ。ジャを植えかえよう。ミアは、ジャの鉢をかかえた。

月の棟の廊下は、トンネルではなくドアが並んでいる。ドアのむこうでは、帰ってきた魔女たちが眠りについているのだろう。ミアは、足音を忍ばせながら、上へむかう階段をさがした。中ほどに一つだけトンネルがある。ミアは、そこへ入りこんでみた。

　ほうきに乗った魔女が後ろからやってきてミアに並んだ。

「谷の子、まだ起きてたの？　あ、寝坊したのか」

と、その魔女は笑いながらミアを追いぬいていく。

　トンネルのむこうが月の棟の食堂だった。広い部屋に、丸いテーブルがいくつもおいてあったが、誰もいない。食堂の奥からさっきの魔女がわんをかかえてもどってくる。フードをぬいでいた。赤い髪が炎のような若い魔女だ。

「わんはある？」

ときく。ミアが首をふると、

「日の棟の食堂からもらってらっしゃい」

と、自分のわんをミアにさしだした。

「今日は、私のをかしてあげる」

　わんの中にはかゆが入っている。月の棟ではわんをもち歩くらしい。ありがたくうけとって、かゆをすすりこむ。おなかをこわした時にのむ薬と同じ味だ！

　一口のみこむのがやっとだった。何が入っているかわからないが、苦くて食べられない。

「子どもの口にはあわないかもね」

赤毛の魔女は、肩をすくめて、そのかゆをすすりこんでいる。

「土はどこにあるんでしょう？」

ミアがきくと、天井を指さす。

「どこから、行けばいいんですか？」

「日の棟の、アマダ様のお屋敷のわきよ」

魔女はそう教えてくれた。


日の棟の行き止まりのトンネルが、アマダ様のお屋敷だ。トンネルのむこうに竜だまりにいる竜もみえる。お屋敷まで入っていくのかと、こわごわのぞきこむと、入り口のわきに上へ行くせまい階段があった。

その階段をのぼると王宮のある崖の上に出た。風が吹いていた。そして土があった。草も花もある。水仙だ。村のにおいだった。水仙の中を、ジャを植えられそうな場所をさがして進む。

「きゃ！」

ミアは、悲鳴をあげて、尻もちをついていた。

水仙の中から竜が顔を出したのだ。はちあわせした竜の緑の目がミアをみた。

「おどろかせたな、すまん。おお、おまえが、ウスズ殿のところへ来たという谷の子か」

頭の中で声がしたと思ったときには、竜は翼の音をたてて飛びたっていた。

竜が飛びたったあたりへ、こわごわ近よる。水仙畑の真ん中に大きな穴が開いている。穴の下が、アマダ様の竜だまりだ。二頭の竜の背中や、出入りする人の姿もみえた。この穴が竜の出入り口だ。こんな穴が、日の棟にある屋敷の数だけあるのだ。

目をあげると、水仙畑のむこうは野菜畑らしい。黒い土が畝をつくっていた。

何かの芽も出ている。いい土だ。あっちのほうがいい。月の棟の上ということだ。果樹園もみえてくる。

りんごの木だ。梨、ブドウもある。ミアはやっと、息がつけるところをみつけたとうれしかった。

果樹園の中に、石づくりの小さな家もある。二のおばの家のようだ。家の前に火を入れた素焼きの鉢が出ていて、かかっていた鍋がくつくついっている。

ふきこぼれる！　ミアはかけよって、鍋のふたをとった。かゆが煮えていた。おいしそうだ。ミアのおなかが、グーッとなった。

目の前にわんとスプーンがさしだされた。男がそばに立っていた。一のおじと同じ年ぐらいだろうか。がっしりした肩の大きな男だ。日に焼けた肌にきざまれたしわは深い。

「いただきます」

ミアは、素直にわんをうけとっていた。

男の煮たかゆが、いちばん口にあった。二のおばと毎日食べていたかゆににていた。

「ごちそうさまでした」

といったあと、ため息が出た。

礼をいっても男はうなずきもしないで、今度は自分がかゆをすすりだす。

「これを植えていいですか？」

ジャの鉢をさしだしてみせると、男は果樹園のむこうへあごをしゃくった。

そこへ近よると、におうものが多く植えてある。立派な薬草畑だ。果樹園や野菜畑のほうが片手間なようだ。男はジャを薬草だと知っているらしい。ミアは、家の壁に立てかけてあった鍬をかりてジャを植えかえた。

「明日も水やりに来ます」

声をかけても、返事もない。男は火鉢と鍋をさげて家へ入ってしまった。

それでもよかった。王宮の中で心の休まる場所をみつけたと、ミアはうれしかった。

帰ろうと階段へむかうと、

「あ、山ザルだ！」

男の子の声がした。水仙畑に、昨日、日の棟の食堂でいっしょになった男の子がいた。リリスもいる。ほっとゆるんだミアの心が、一瞬でこおりついた。

「何をしている！」

リリスは、ミアから男の子を守るように、背中へ隠す。まるで、ミアが男の子に何か悪さをするというようにだ。

悪いことなど何もしていないといいたいのに、萎縮したのどから声は出ない。

「目ざわりな。いね*！」

リリスの声は、どこまでも冷たい。

ミアは、くちびるをかんで階段をかけおりた。泣いているところを誰かにみられたくなかった。涙を必死でこらえて廊下を走る。ウスズ様のお屋敷へ飛びこんで、わっと声をあげて泣いた。

どうして害虫のように忌み嫌われるのかわからない。ジャを植えかえただけだ。王宮に来たくて来たわけじゃない。ミアをつれてきた竜にも、竜に呼ばれる子にミアを育てたらしい二のおばにも、腹が立ってしょうがない。

そして、リリスが怖くてたまらなかった。

ミアは、体も小さく動きもぎこちない。村の子どもたちから、ばかにされたり仲間はずれにされたりすることはあった。でも、村の長の孫ということもあり、大人から、あんな毒気を正面からあびせられたことなどなかった。

ミアは、リリスが怖くてウスズ様のお屋敷から出られなくなっていた。でも、いくら怖くても、二日目の夜ともなると、おなかがすいてたまらない。

奥むきとの連絡係だというリリスは、しょっちゅう日の棟にいるようだ。リリスに会うのは怖い。でも、月の棟のかゆは、苦くて食べられない。いろいろ考えて、魔女のかゆを味つけする前にわけてもらえばいいと思いあたった。

月の棟の食堂には誰もいない。奥へ進むと調理場があるかと思っていたら、大きな鍋があるだけだった。

どこで料理をしているのだろうと、あたりをみると、小さなドアがある。開けると、せまい通路だ。ところどころにろうそくがともっている。その通路はのぼりぎみだ。日の棟へむかっ

＊いね…「行け」「去れ」という意味

ているのはわかった。出口にまたドアがあった。

ドアを開けたとたん、太い腕で首ねっこをつかまれて、明るい場所へひきずりだされた。

「誰かと思えば、谷の子だわ！」

日の棟の調理場だ。七、八人の女が、食事の後かたづけをしていた。

「はなしておあげ」

白髪頭の女が手をふきながらやってきた。その女は、すぐ事情をさっした。

「月の棟で食べていいといわれても、あの味じゃねぇ」

残りものはないかと鍋をのぞいてくれる。畑の番人のように、ミアにやさしくしてくれる人もいる。ミアは、少し勇気が出た。

「自分でかゆを煮ます。それで鍋と――」

女は、ああとうなずいて、火鉢と、鍋に麦と卵と野菜を入れてくれる。火鉢も鍋もこわれかけたものなのに、わんだけは新しいものをくれた。

「リリス様に知られたら」

ほかの女たちがささやきあっているが、

「私の孫と同じ年頃だよ。ひもじい思いなどさせたくないよ。あんたたちが口をつぐんでいれ

ばいいことだ。わんは、この子にやらなきゃいけないものだし。鍋や火鉢は捨てるつもりのものだからね」

女は、早くもどれと手をふった。

月の棟のかゆも、ここで調理して通路で運んでいるらしかった。


それからミアは、日に一度は鍋をかかえて通路を通った。親切な女は後かたづけのときだけいて、それも当番制らしく、いない日もあった。そうなると、ミアは空腹をかかえてウスズ様と泣くことになった。

夜になると泣くウスズ様といっしょに、ひもじさと、誰も相手をしてくれないつらさと、二のおば恋しさにミアも泣いた。ウスズ様の泣き声は、もう怖くなくなっていた。いっしょに泣いてくれる仲間のようだった。

それでもいちばんつらいのは空腹だった。麦だけでも多めにもらえたらいいのだ。でも、余分な鍋やボウルをかしてくれないことはわかった。かえすときに毒を入れられるのを警戒するのだ。

麦を入れて運べるものをさがした。柳で編んだトランクでは、すき間から麦がおちてしまう。

ミアは、二のおばがもたせてくれた針と糸で、ここへ来たときに着ていた毛織りのチュニックのすそを縫いあわせた。王宮では、毛織りのものなど必要ないと、袋にしてしまった。日の棟の調理場に、うまいぐあいに親切な女がいて、

「おまえはもっと食べないとね」

と、ミアの袋をみて笑った。

チュニックの袋は、いい考えだった。麦や卵、野菜をつめて、そでを首に回して背中にせおった。

ミアは、その食料で食いつなぎながら、ウスズ様のお屋敷に閉じこもっていた。部屋を掃除し、竜だまりをみがきあげた。魔女たちでさえ、ミアのことを忘れたように、のぞきにも来ない。ミアは泣くこともなくなり、夜になると泣くウスズ様の泣き声を待つようになっていた。

「本当に幽霊なの？」

「ジャ、育ってるかな？」

「どうして泣くの？　わけを教えて」

「昨日ね、二のおばの夢をみたんだよ」

などと話しかけた。

袋の麦がなくなりかけていた。またもらいに行こうとして、ミアは、底のぬけた袋があったことを思いだした。

ミアの村の塩は、岩塩だった。それをけずってつかう。王宮の塩は海の塩だ。サラサラしている。調理場の女は、麦に塩をまぜてくれるが、うまくまざらなくて塩からかったり、味がなかったりした。あの袋に塩をもらえばいい。ミアは、火のそばにでもおいたらしい、底のぬけた袋をつくろった。

やっと思うように味をつけたかゆを食べたその夜、ミアは床にしいた毛布の上で、寝返りばかりうっていた。眠れない。何かがおかしい。いつもと何かがちがう。

「泣いてない」

ウスズ様が、今夜は泣いていない。ミアは、起き上がった。

「どうして泣かないの?」

ミアがここへ来てから、ウスズ様は毎晩泣いた。風の音かと思う日もあったが、ミアは、風の音とウスズ様の泣き声の区別がつくようになっていた。

二のおばは、どんな大きな変化も始まりはささいなことから起こるといった。昨日と今日、何か変わったことがあったろうか？　ミアは、一生懸命考えていた。

夜が明けていたらしい。

「ウスズ、ウスズ。もどりおったか！」

銀の羽がほうきごと飛びこんできた。ミアは、銀の羽が、ウスズ様がもどってきているはずだと思っていることにおどろいた。

「どこにおる？」

銀の羽が部屋じゅうをみまわして、まゆをよせてミアをみる。

「ウスズの呪いがとけたんじゃないのか！」

銀の羽が、何もいえないでいるミアの肩をつかむ。

魔女たちが次々に飛びこんでくる。みんな部屋じゅうをみまわして、ミアをみた。

「谷の子。ウスズの気配がするぞ！」

銀の羽が、ミアの肩をガクガクとゆする。魔女たちも、いっせいにうなずいた。魔女たちは、ウスズ様の気配を感じるらしい。

「谷の子、ウスズはどこだ！」

銀の羽に体をゆすられながら、

「泣きませんでした」

ミアはやっとつぶやいた。

「どういうことだ！」

「ウスズ様の気配はたしかにあるぞ」

「谷の子、ウスズ様はどこだ。こたえろ」

魔女たちがミアにつめよる。

「私も、考えてます！」

ミアは声をはりあげた。はりあげないと興奮している魔女たちの声に消されてしまう。

「何をした。何かしたろうが。何をしおった」

銀の羽が、いらいらとどなる。ミアだって頭が痛むほど考えていたのだ。麦をもらいに行った。それは、この前も同じだ。あー。昨日は塩をもらった。

ミアの口が開いた。

「何をした？」

部屋じゅうの魔女がきく。

「底を縫いました」

ミアは、塩をつめた袋を手にとった。

魔女たちの口も、ミアと同じようにあんぐりと開いた。でもすぐ、おお！　と魔女たちがどよめいた。

「ウスズじゃ！」

「ウスズ様の気配だわ！」

「この袋知ってるわ。日の棟から引っ越したときからあったわよ。私、みてるのに――」

「どうして、この袋がウスズじゃと、今までわからんかったんじゃ？」

銀の羽が、ミアから袋をとりあげて、まじまじとみる。

「こ、この袋が、ウスズ様なんですか？」

ミアは、魔女たちのいうことを信じられない。

「人間が袋になったんですか？」

「弓の魔女の呪いじゃ」

銀の羽が、いまいましげにつぶやいた。

「まさか袋に変えられていたとはのぉ。とにかく命まではとられんかったということじゃ。きっと、星の音も、どこかにおるわな。まずは安心じゃ。それにしても、なんという呪いじゃ」

銀の羽がため息をつき、ほかの魔女たちがうなずきあう。

「底がぬけた袋とはのぉ」

銀の羽が、ミアがつくろったあたりをまじまじとみる。

「それで泣いていたのかしら？」

一人の魔女がつぶやいた。

「その底を、谷の子がつくろいおった」

銀の羽が、袋とミアをみくらべる。

「それでウスズ様の気配がもどったんだわ」

またちがう魔女がうなずいた。

「とにかくウスズじゃ。谷の子、ようやった！」

銀の羽は、ミアの肩をぽんとたたいた。

「でも、塩袋になんてしないで。ウスズ様よ。私、あこがれてたんだから」

赤毛の魔女だった。赤毛の魔女は、机の上へ塩を出してしまった。

「そ・と・へ」

しわがれた声がきこえた。なんとか話しているといった口調だ。魔女たちにもきこえたらしい。

「おお。ウスズの声じゃ」

銀の羽がうれしそうにうなずく。

「しわがれてるじゃない。もう、谷の子が塩袋になんてするからよ」

赤毛の魔女がミアをにらむ。

塩を入れたから、ウスズ様が袋に変えられているとわかったんじゃないか。なのに、塩を入れたとしかられるのは理不尽に思えて、ミアは口をとがらせていた。

「ほう。谷の子も泣くばかりではなくなったのぉ」

銀の羽は、そんなミアに目を細めると、

「ウスズは、外へ出たいらしい。谷の子、頼んだぞ。アマダに頼めば竜の一頭ぐらいかしてくれよう。ウスズが袋になっていることは、誰にもいってはならんぞ」

と、ほかの魔女たちと屋敷を出ていってしまう。

ミア一人が、袋のウスズ様ととり残されていた。

外へ出てどうすればいいのだろうと不安になりながらも、王宮から出られると思うだけで、ただただうれしかった。

ミアは、袋を帯にさげ、祖母のストールをつかんで廊下をかけだしていた。

第四章　冒険の始まり

ミアが、中央ホールまで来たとき、奥むきのトンネルから足音も荒く出てきたのはリリスだった。

そのあとを一人の男をひきずるようにして男たちが出てくる。リリスも男たちも殺気だっている。

王宮から出られるとはずんでいたミアの体は、一瞬でこおりついた。リリスにみつかるまいと壁にはりついていた。

息をひそめて壁にはりついたはずなのに、リリスは、ミアには特別なかんが働くというようにミアにするどい目をむけた。

「何をしている！」

リリスのミアにむける声には、いつもとげがある。ミアはもう、声も出ない。

「何をしていると、きいている！」

リリスの手がかぎ爪のように、ミアの肩に食いこんだ。

「それでは、こたえられまい」

アマダ様が部下をしたがえて、飛ぶように日の棟の廊下からやってきた。いちばん後ろにはスチもいる。それでも、リリスはミアの肩をはなそうとはしなかった。

「しばらく姿をみないから、逃げだしたのかと安心していたのに、こんなときに谷の子をみるなど！」

リリスは目のけがれだというように、舌うちをする。

「その男が王子につかみかかったことと、谷の子とは関係あるまい」

アマダ様が、引き立てられている男へあごをしゃくった。

両腕をとられて引き立てられていた男の体が、わなわなとふるえ始めた。

両わきの男たちが、

「どうした？」

「しっかりしろ！」

と声をかけるが、男のふるえははげしくなるばかりだ。

「やはり、弓の魔女の呪いがかかっているようだ。魔女殿たちは、もうお帰りだろう。お疲れのところ申しわけないが、どなたでもいい。来ていただけ」

アマダ様がそういうと、スチが月の棟へかけだしていった。

ふるえている男の体が、黒いもやにおおわれだす。

「はなれろ！」

アマダ様が、腕をとっていた男たちに合図した。リリスの手も、やっとミアの肩からはなれた。リリスの顔も青ざめている。

スチといっしょに赤毛の魔女がほうきに乗って飛んできた。

「飛ぶものに変わる。竜を！」

赤毛の魔女が叫ぶ。

そのとき、アマダ様が腰の斧をぬいてふりかぶった。斧は、その黒いもやを真っ二つにしていた。

「ギャアー！」

この世のものとは思えない悲鳴だった。ミアの体じゅうに鳥肌が立つ。

二つになったもやは、すぐ一つになり、あっというまに一羽の鷲の姿で空へ飛びたってい
く。アマダ様も部下たちも、いっせいに指笛を吹くと、トンネルをぬけてテラスへかけだして
いく。ミアもあとを追っていた。
テラスから空をみあげれば、鷲のあとを、何頭もの竜が追いかけていくのがみえた。勝負
は、あっというまだった。一頭の竜がはいた炎がメラリと鷲を焼きつくした。
「王宮の奥まで弓の魔女の手下が入りこむ。なんとかせねば」
アマダ様が、ギリッと歯を食いしばった。
「申しわけありません。どこへ身を隠したのやら、いまだに手がかりもなく」
赤毛の魔女が頭を下げた。
そんな姿に、鼻をならしたのはリリスだ。赤毛の魔女がリリスをにらんだが、リリスは気に
もとめない。
「あの男は、川中の都の布団屋の次男で、身元を何度もたしかめて王宮にめしかかえた者で
す。それでも、あのありさま！　弓の魔女の呪いは、たしかにあります。気のせいやら偶然で
はありません。なのに谷の子など！」
リリスは、ミアを目のかたきにする。

そんなに気にいらないなら村へかえしてください。そういおう。今ならいえる。

ミアは頭をふりあげていた。声も出せる。そう思えた。なのに、

「谷の子は、ウスズ様の呪いを少しはぎとりました。私どもは、ウスズ様の気配を感じとれます。声もきこえます。谷の子を王宮の外へ出してやってください。ウスズ様がそう願っていらっしゃいます」

赤毛の魔女が、アマダ様の前にミアをひっぱりだしていた。

「まさか――」

リリスのほほが、ひきつった。

「おお、それはめでたい。谷の子、ようやった。ウスズ殿の屋敷に部屋子をおいてみたいという魔女殿のお考えは、正しかったということか。谷の子、頼んだぞ。わしの竜で行け。したくもしてやれ」

アマダ様は、スチを手まねいた。

ミアはスチと日の棟の廊下を進む。

「いいわね。私も外へ出てみたい」

スチはため息をつき、

「谷の子は、リリス様からはなれられて、ほっとしてるでしょ」

と、ミアをみもしないでそういう。ミアと親しくしていると思われるのがいやなのだ。ミアも正面をむいたまま、

「どうしてあんなに嫌われるんだろう？」

と、つぶやいていた。

スチにも、リリスのミアの毛嫌いぶりが不審に思えたらしい。

「リリス様は、自分も何年か前に王宮にめしかかえられた人なの。だからかえって、新しく来た人が気にさわるのかもしれない」

という。

「私はてっきり、生まれたときから王宮にいる人なのかと思ってました」

「奥むきの女官としてめしかかえられて、めきめきと頭角をあらわしたの。私の母たちは、新参者のくせにって、陰口をきくわ。でも、今日みたいなことがつづくから、リリス様のような方が重んじられるのもわかるわ」

と、スチはうなずいた。

「奥むきとの連絡係って、偉いんですか？」

ミアは、王族が暮らす奥むきというところをのぞいたこともない。

「そうでもない。奥むきで偉いのは、王や王子のおそば近くにいる女官たちだわ。でも、連絡係だって誰にでもできるっていう役ではないと思う。リリス様のように、頭のいい、豪胆な、先をみとおせる人でなきゃつとまらない。さっきみたいに奥むきの番兵もたばねたりしなきゃいけないもの。でも、計算高いっていう人もいてよ。リリス様は子どもが大嫌いだっておっしゃってた。でも、そんなことを忘れたみたいに、このごろコウ様を手なずけだしてる」

「コウ様って？」

「アマダ様の息子」

「ああ、崖の上でいっしょのところをみかけました」

ミアを山ザルと呼んだ男の子だ。

「コウ様は、あと何日か後の王子の誕生日を機に奥むきに上がることになっているの。コウ様と王子が同じ年頃でいらっしゃるから、その勉強相手に選ばれたのよ。そのことが決まってから、今まではそばによりもしなかったくせに、リリス様は急にコウ様にすりよりだした。日の棟へ来るたびにコウ様といるわ。リリス様は、コウ様を足がかりに王子にとりいるつもりだと

いうわさよ」

「足がかりに、とりいるって、コウ様をつかってっていうことですか？」

スチは、そう、あきれるでしょと目をむいてみせた。

コウ様は、リリスに本当になついているようにみえた。そのコウ様をリリスは、道具あつかいするつもりらしい。

「重んじられる、偉い女官になりたくてですか？」

ミアには、リリスの気持ちがわからなかった。

リリスだって、コウ様をかわいがっているようにミアには思えた。水仙畑で、自分の背中にとっさにコウ様を隠した。あの動きは、自分の大事な子を守る母親の動きだったと思う。でもそれも、計算されたお芝居だったのだろうか。ミアは、身ぶるいがした。

「ねぇ、怖い人よ。アマダ様は、リリス様のそんなところもふくめて、認めていらっしゃるって母たちはいうわ」

「でも、わかっているならコウ様を近づけないほうがいいのに――」

いつかリリスにみすてられて、コウ様が泣くことになる。

ミアは、天真爛漫なコウ様が、泣くところをみたくなかった。

「アマダ様のお考えはよくわからない。奥むきに上がると、父親でもいつもそばにいられるわけではないから、コウ様がリリス様になつくのはいいことだって思っていらっしゃるのかしら」

スチも暗い顔になった。

アマダ様の竜だまりには、やはりお湯をふきだす噴水があり、そこをとりかこむようにたくさんのドアが並んでいた。

スチは、入ってすぐのドアを開けた。武器庫だった。壁にいろいろな大きさの斧がかかっている。かぶとやよろい、鎖かたびらもある。乾燥した果物や穀物が入ったかめも並んでいた。

「外っていっても、どこへ行くの？」

きかれてもミアはこたえることができない。ウスズ様も黙ったままだ。

「竜に乗っていくんだから、食料じゃ荷物になるわね。お金のほうがいいかな」

スチは、かめの中から金貨をとりだしている。

「私、お金をみるのは初めてです」

二のおばから、村の外ではお金で品物をやりとりすると教えられてはいた。

「私も、王宮から出たことがないから、お金をつかったことはないの。金貨一枚で都の宿に二

十日は泊まれるそうよ」

スチは、これぐらいかなと、金貨数枚に銅貨をまぜて、ちょうどいいとばかりに、ウスズ様の袋につめこむ。ウスズ様ですともいえないで、ミアはされるままになっていた。

次にスチは、斧を選んだ。こぶりな斧をミアの帯にさしてくれる。

「斧は、王宮から来たという証になるわ。もちろん、武器にもなってよ。斧のつかい方は知ってる？」

ミアは首をふった。

なんでも教えてくれた二のおばだったが、武器のつかい方は教えてくれなかった。武器をもっていくのかと、帯にさした斧の重さがミアの不安をかきたてた。

武器――。ミアは、銀の羽のいった言葉を思いだしていた。ジャがミアの武器になるといった。

「ちょっと畑まで行ってきます」

ミアは飛びだしていた。

「もうすぐ竜が来るわ。急いで！」

後ろでスチが叫んでいた。

何十日も放っておいた。枯れているかもしれないと心配したが、ジャは、しっかりと根づいて若い葉をしげらせていた。薬をつくる余裕はないが、葉だけでもつんでいこう。葉をもんで傷口にはるだけでも役に立つ。

葉をつもうとのばしたミアの手に、クルミが三つのせられた。足音もなく畑の番人がミアのそばに立っていた。薬だとわかった。ミアの村でも、ジャの薬はクルミのからにつめる。からをわってみると、ミアがつくろうと思っていた薬だ。

「どうして?」

どうしてジャの薬のつくり方を知っているのだろう。ジャは、ミアの村だけのものだときいた。畑の番人がジャのつくり方を知っているということは、この男は、ミアの村の出なのだろうか?

でも、薬草畑にミアが植えるまでジャはなかった。ジャはミアの村の者がいるところでしか育ちはしない。昔、王宮にミアの村の者がジャをもってきたことがあるということか? 誰だったのだろう。それをといただしているひまはなかった。

誰かが王宮にジャをもってきたなら、それは二のおばだ。そう確信しながら、

「ありがとうございます」

と、お礼をいってまたかけだした。

竜だまりへの階段をかけおりながら、クルミもウスズ様の袋につめこんだ。赤毛の魔女が怒ると思ったが、どこへしまったらいいのかわからなかった。

アマダ様の竜だまりに、ちょうど竜がおり立ったところだ。竜はスチに、ウスズ様の袋そっくりの大きさの袋をわたす。

「母が、待ちくたびれていてよ。これがコウ様のかざり帯にはめこむ石ね」

スチはミアを手まねいて、袋の中をのぞかせてくれた。中に緑色の透明な石が入っていた。竜の瞳と同じ色だ。きれいだった。

「エメラルドだ」

声がした。いつか水仙の中ではちあわせした竜だ。

「竜騎士はこの色を好む。アマダは、コウが奥むきへ上がる日、この石のかざり帯をしめさせたいらしい」

竜とスチは満足げにうなずきあった。

「谷の子が、ウスズ様の呪いを少しとりはらったの。ウスズ様は、谷の子が外へ行くことを望んでらっしゃるわ。つれていってあげて」

スチはそう頼んだ。

「この前はおどろかせてすまんかったな」

竜はそういった。

ストールを巻いて、竜の首にまたがった。

「どこへ行く？」

きかれても、とにかく外へということしかできなかった。

竜は、まっすぐ上へ飛びあがって王宮を出た。

「乗りなれておる」

竜がふりむいてミアをみる。

「一度乗っただけです」

王宮につれてこられたときだけだ。

「走るものに乗るだろう？」

「馬に」

「そうか。馬は竜に乗る練習をするにはいい手段だ。おまえは、馬に乗れる家の子なのだな」

竜は、ほうと息をはいた。

「祖父が村の長です」

「ふむ。それでもおまえは女の子だ。よく馬に乗せたものよ」

竜は、まだ何かいいたそうだったが、黙っていた。

ミアは、竜が、おまえは王宮に来るために育てられたのかといいたいのだと思った。ミアだってそう思っていた。

二のおばは、王宮へ出すためにミアを育てた。ミアにかわいそうなことをしたのかもしれないと、二のおばはいった。ミアは、どうして？　どうして私をあんな王宮へ送りこんだの、となじりたかった。

竜は岩山の上の都をこえ、川中の都もこえた。

「海へむかうか？」

竜がきく。

ミアは、海をみたことがなかった。みてみたい。息がつまるような王宮から出られて、ミアはせいせいしていた。

「き・た」

金貨やクルミが入っていても、声がした。北へ行けといいたいらしい。

「おお、ウスズ殿の声だ。声だけがきこえるのか」

竜は、魔女たちとはちがって、気配を感じるということはないらしい。

「わ、私にも声だけきこえます」

銀の羽に、ウスズ様が袋だということは秘密にしろといわれていた。

「ウスズ様の声をきいたことがあるんですか？」

「竜は長生きだ。魔女殿と同じほどな」

竜は、北へむかった。

「ウスズ様、どうして北へ行きたいんですか？」

きいても、ウスズ様はこたえてくれない。ウスズ様は、袋がいっぱいなせいなのだろうか、話すのは大変そうだ。

「ウスズ殿には、恋人の星の音の居場所がわかるのかもしれんな」

かわりに竜がそういった。

「ウスズ様といっしょに呪いをかけられたという」

竜がうなずいた。

ウスズ様は袋に姿を変えられていた。星の音は何に姿を変えられたのだろう。いっしょに呪いをうけたはずなのに、お屋敷にいたのは袋に変えられたウスズ様だけだ。何に変わっているのかわからないが、星の音は、王宮の外にいるということなのだろうか？

ミアが考えているようなことを竜も考えていたらしい。

「ちがう。星の音の居場所ではないな。ウスズ殿がさがしているのは竜のほうだ」

と、長い首をふる。

「ウスズ様の竜ですか？」

ウスズ様たちが呪いをうけて姿を消したとき、いっしょにいなくなったという竜だ。

「そうだ。竜と竜騎士は、生死をともにする。心がしっかりと結びあう。わしとアマダとてそうだ。ましてウスズ殿は、伝説の勇者だ。竜とのきずなは深かろう。お互いに呼びあうのやもしれん。わしだとて、アマダとはなればなれになれば、アマダをさがしあてる自信はある。アマダだとて、わしをさがしてくれよう。きっとそうだ。ウスズ殿は竜をさがしておられる」

竜は自信たっぷりにそういった。

ウスズ様は、こたえてはくれない。それでも竜は、自分とアマダ様だったらと思ったのだろうか、飛ぶはやさがちがった。そのはやさでも、ミアは、竜の首にまたがっていることができた。

第五章　竜巻の村

都はもうどこにもなくなり、小さな村とも呼べない集落が、湖のそばや、林の中や、赤い岩の間にみえるだけになった。そして、緑のものがみえなくなり、赤茶けた岩がごろごろしたところだけになる。

地ひびきのような音がきこえだした。嵐の音のようにも思える。竜はその音へむかって飛んでいた。

まだ暗くなる時間ではないと思うのに、あたりが薄暗い。空をみあげたら、地面から立ちのぼったもやのようなものが、太陽をおおい隠している。

音は、そのもやのようなものからきこえてくる。なんだろう？　初めてみる。ミアがそう思っているのがわかったように、

「竜巻だ」

竜がいう。

「そ・こ」

ウスズ様の声がした。

「ウスズ殿、あそこへか――」

竜が、まさかというようにきいた。ウスズ様はもうこたえない。

「谷の子、行くのか？」

竜はミアにきく。

「だ、だって――」

ミアはそうとしかこたえられない。ウスズ様がそこへ行くというなら、ミアは行かなければならないのだ。

「あそこは、竜巻の村。金山がある。だが今は、そうだ、おまえの村のようなところといったほうがいい」

「私の村？」

罪人の村ということか。

「おまえの村のようなといった。おまえの村へつれてこられた罪人は、いつかはきばもぬけ、爪もまるくなろう」

竜のいうことはよくわかった。

ミアの村では、つれてこられた罪人の罪はとわない。生まれ変わった者としてあつかう。どんなあらくれ者も、いつのまにか村の暮らしになれ、悪事を働くこともなく、騒ぎを起こすこともなく、おだやかな顔になる。

「だが、中には、どうにも村の暮らしになじめぬ者がいる。村人に愛想をつかされて、村から追いだされる者だっている。最初から村でのおだやかな暮らしを望まぬ者もいる。根っからの悪人というやつかな。そんな者たちが、あそこにいる。そして、そんなところへひきよせられる者たちもいるわけだ。そして、そんな者たちでなければ、あそこの仕事はつとまらんのかもしれん」

「仕事？」

ミアは、村の仕事は畑と牧畜しか知らない。

「あそこは金山だ。昔は金のほかに銅や銀もとれたらしい。だが今は、細々とだが金がとれるだけだ。深い地の底へもぐり、暗やみと暑さの中で息がつまりそうになりながら岩をくだくのだ。坑道での事故も多い。金山での仕事は過酷なのだ。そのわりに、人が群れる。賭博場があるからしいがな」

「賭博場？」

「谷の子はわからんか。運をためすところとでもいえばいいかな。その人間の運によっては、莫大な利益がからむ。賭博場のあるところはほかにもあるのだが、ここは住みついている人間が人間だから、争いごとの種はつきない。王宮も、ここの治安に口を出せないときもある」

竜は、ため息をついた。竜巻の村は無法地帯なのだ。

「弓の魔女が隠れていそう」

ミアは、思わずそうつぶやいていた。

「魔女殿たちは、弓の魔女はここへは何度も足を運んで、さがされておるわ。いちばんあやしいところだ。でも、弓の魔女はここでもみつからんらしい」

竜は、竜巻のそばにおり立った。

ゴーゴーと音をたてて風が回っている。

風の壁が上へ上へと渦巻きながらそびえ立っている。風に砂が巻き上げられて灰色の風の壁のむこうに何があるのかはみえない。砂の中にキラリと光るものがたまにみえるだけだ。

竜はおりろというように体をゆすった。赤茶けた地面におり立ったとたん、今まで竜の首で風がさえぎられていたというように、ミアの体に巻いたストールが、ひきちぎられそうにはためきだす。

「王宮から来たといえば、そう危ない目にはあわんと思うが、谷の子が竜巻の村にいると魔女殿たちに伝えておこう」

恐ろしい風の音の中でも、竜の声はする。竜の声は頭の中にきこえていたとあらためて思った。いっしょに行ってくれるんじゃないのかと、頼もうとしたときには、竜はそっけなく飛びたっていた。


この風の壁のむこうへ、どうやって行けというのだろう。ミアは、風の前で立ちつくしているだけだ。

「行・け」

風の音にまじってウスズ様の声がした。

「だ、だって——」

ミアは、風の音に負けまいとどなっていた。

どなることはできても、風の中へ飛びこんでいく勇気はない。また、しばらくすると、

「行け！」

ウスズ様もどなるようにいう。さっきより、なめらかに言葉が出ているような気がする。でも、そんなことにかまっていられない。

「行けません！」

風のいきおいに巻きこまれまいとふんばりながら、ミアも声をはりあげていた。

また、しばらくすると、

「今だ、行け！」

ウスズ様がどなる。

「無理です」

ミアは首をふる。

「しりごみばかりだ！」

「はじき飛ばされるだけです」

「飛びこみもしないで、どうしてわかる！」

ウスズ様の声がいらついている。

「だって、この風のいきおいです」

「はじき飛ばされたら、そのとき、また考えろ！」

「そ、そんな――」

「だから、あんな女にびくついたりする！」

リリスのことだとすぐわかった。ウスズ様にも、リリスの前で萎縮するミアが情けなくみえたのだろう。

ミア自身、リリスにおびえる自分にうんざりしていた。そんな自分でいるのはいやだった。

「わ、私だって――」

ミアは、くちびるをかんだ。

「今だ、行け！」

ウスズ様がどなる。

ミアにもみえた。風の壁に一か所裂け目がある。ウスズ様は、そこへ飛びこめといっていたのだ。

ミアは、目をつぶってそこへ飛びこんでいた。

「遅い！　のろまめ」

ウスズ様がまたどなっていた。

ウスズ様がいうように、飛びこむのが少し遅かったらしい。ミアの足が風にいきおいよくあたったのがわかった。そのいきおいでミアの体がはじき飛ばされた。それでも、風の壁はぬけたと思えた。ミアは地面に転がっていた。


気を失っていたらしい。かたいもので体をあちこちつつかれて目がさめた。

「起きろ！」

「子どもだ！」

といっているのも、子どもの声だ。男の子だ。

はっととび起きる。

転がったから体じゅう、痛いことは痛いが、動けないわけではなかった。

ミアと同じほどの背丈の二人の男の子が、ミアをみつめていた。

ミアのように頭にストールを巻いているが、目のつんだごわごわした厚い布だ。それで鼻までおおい隠している。同じ布でできた袋をとりつけた長い棒をかかえていた。その棒の先でミ

アをつついたらしい。

ミアはゆっくりとたちあがりながら、片手を自分のストールの中へ入れた。ウスズ様をおとしてでもいたらと心配だった。

ウスズ様の袋は、きちんと帯にさがっていると安心しながら、ミアはあたりをみまわした。

竜巻の中でも、風は砂ぼこりをまいあげながら、ゆっくりとだが吹いていた。

竜巻の風の壁の内側は赤茶けた砂地で、砂地の後ろに、ごろごろとした大きな岩が並んでいた。

竜巻のいきおいなら、こんな岩も巻きこんでふき飛ばしそうなのに、竜巻は、同じところばかり回っているらしい。ミアは、うまいぐあいに砂地に転がった。飛びこむ間あいが悪かったら、あの岩にぶつかっていたところだった。

「どうやって、ここへ来た？　歩いてきたんじゃねぇな」

「何かに乗ってきたんだな」

男の子たちは、ミアの足元をみた。革のサンダルをはいたミアの足はきれいなものだ。サンダルにも傷はない。

「いちばん近い赤岩村からだって、大人でも馬で二日はかかるっていうぞ」

「水も食い物ももってねぇ。馬で来たとしても、水ぐらいもってんだろ」

二人はささやきあっていたが、

「竜に乗ってきたな」

「おめえ、どこから来た？」

と、うさんくさげにミアをみる。

ミアは、どうしようと忙しく考えていた。さっきまで、やっと言葉を思いだしたというようにどなっていたウスズ様は、男の子たちがいるせいか、ささやいてもくれない。

正直に王宮から来たといったほうがいいのだろうか？　竜は、ここは王宮の力がおよばないこともあるといった。でも、ミアがここにいると魔女たちに伝えるともいった。ミアが帰らなければ、魔女たちがさがしに来てくれる。正直にいおう。ミアはそう決めた。

「王宮から、竜をさがしに来ました」

男の子たちは、へえーと顔をみあわせた。

「王宮って、本当にあんのか！」

「竜に乗ってきたなら、本当かもな」

「王宮の魔女が来たって、きいたことはあるぞ」

「こいつ魔女じゃねぇ。ただのちびだ」

二人は、ミアがいることなど忘れたようにささやきあっている。

「竜をさがしてるんです」

ミアは、もう一度いった。

「乗ってきた竜とはぐれたのか？」

「それとはちがう竜です。ここにいるはずなんです」

男の子たちは、顔をみあわせた。

「竜はどこですか？」

ミアは、風の壁と岩ばかりだと、あたりをみまわした。

「そりゃ、竜はたくさんいるけどよ」

「よけいなこというな」

男の子たちは、ミアから後ずさろうとしていた。男の子たちは、竜の居場所を知っているのに、いわないだけなのはミアにもわかった。

あたりは、どんどん暗くなりだしている。みえるのは赤茶けた、ミアの背丈より大きな岩ばかりだ。

「宿はありますか？」

ミアは、スチが都の宿なら金貨一枚で二十日は泊まれるといった言葉を思いだした。

「さすが、王宮からいらしたお嬢様だ。宿だってよ」

「いくらお嬢様でも、子どもがこの宿に泊まれるかぁ」

男の子たちは鼻で笑った。

そのとき、地の底のほうからカーンという鐘の音がきこえてきた。

すると、もう少し大きな音がきこえ、そして、もっと大きくきこえ、最後にきこえた鐘の音はすぐそばからだった。

「あー、やっと終わりだ」

「ちっともとれなかった。親方にどやされる」

男の子たちは、棒を肩にかついで、ミアに背をむける。岩と岩の間に歩みだして、

「こいつのせいでとれなかったって、親方にいったほうがよくねぇか」

「宿に泊まるつもりだぞ。金はもってるんだ。おれたちの今日のかせぎぶんぐらいにはなるかもな」

と、ミアをふりむく。

「金あんのか？　親方に頼んで、泊めてやるよ」

「暗くなるとオオカミが出るぞ」

という。

　ミアはうなずいた。

　竜巻の村の子どものいうことなど信用できないかもしれない。でも、オオカミは怖かった。そして、何かあれば、魔女たちがさがしに来てくれる。そう思えるのは心強かった。

　二人のあとにつづく。大きな岩を回りこむように下へむかう道があった。下へおりていくにつれて棒をかついだ子どもが一人、二人とあらわれて、長い列になる。みな疲れた足どりで、

「腹へった」

などとつぶやいている。

　中にはミアより小さい子もいる。みなれないミアに気づく子もいたが、疲れはてているらしく何もいいはしなかった。

　暗くなり足元もおぼつかなくなったころ、たき火の明かりがみえた。たき火に大鍋がかかっている。

　たき火の奥に、岩と岩の間に板をわたして屋根をかけただけの家があった。たき火のある、

庭ともいえない空き地にテーブルが出ていた。

鍋からかゆをよそっていた男が、ミアをみてまゆをよせた。子どもたちと同じように土ぼこりにさらされたよごれた肌に、頭ははげ上がっている。この男が親方らしい。

「王宮から来たんだって。竜をさがしてるらしい」

「宿はねぇかっていうから、つれてきた」

男の子たちが、親方の前へミアをひっぱりだす。

親方は、つまらなそうにミアをみながら、男の子がかついでいた棒の先の袋に手をつっこんだ。

親方が袋へ入れた手を出して開く。手のひらに、やっとみえるほどのキラキラ光る砂があった。

親方は、手のひらの砂を自分の腰に巻いたエプロンのポケットに入れると、二人の頭をいきおいよくパンパンとたたいた。少ないということらしい。

「いてぇ。だ、だって、こいつが壁から飛びだしてきて、仕事にならなかったんだ」

「おっきいのみつけたときだったたんだってば」

二人は泣きべそをかきながら口々にわめきたてる。

「うるせぇぞ」

親方は怖い顔で一声どなった。

それでも、わんにかゆをもってやった。そして、

「本当に王宮から来たのか？」

と、ミアをみる。

ミアは、ストールの下から斧を出してみせた。

「王宮からいらしたとなれば泊めてやらんわけにはいくまいが。金はあるんだろうな」

ミアは袋から小さな貨幣をさぐってとりだした。銅貨だった。これでたりないといわれたら、まだ出すつもりでいたが、親方は少ないとはいわなかった。

かゆの入ったわんをもらって、テーブルをみまわす。全員で三十人はいるだろうか。ミアは、女の子たちがかたまっているテーブルに入れてもらった。

ほこりだらけで疲れていても、あたたかいものがおなかに入れば少しは元気になるらしい。女の子たちは、めずらしげにミアに話しかけてきた。

「王宮って、どんなところなの？」

ミアのむかい側の七、八歳の女の子が目をかがやかせる。

「怖いところ」

ミアはそうこたえていた。女の子は、ぎょっとしたように身をそらした。ミアは、悪いことをいったと後悔した。女の子は、みたこともない王宮にあこがれていたのだろう。蒼い美しい王宮でもあるのだ。そういってあげようとしたとき、

「へえー。ここは、ひどいところ。怖いところとひどいところ、どっちがましかな？」

ミアの右どなりにいた年かさの女の子が、おもしろそうに首をかしげた。

「ひどいところ？」

ミアは、口の中でくりかえしていた。

「私たちはねぇ、朝から晩まで、竜巻の風に巻き上げられた砂金をとってたんだ」

「あ、ああ、あの袋で」

ミアもうなずいた。同じ年頃の子どもたちの間に久しぶりに入って、知らぬ間に口調もくだけていた。

「棒についた袋をふって砂金をとるんだ。風に巻き上げられる金なんて、ごみみたいなもんなのにさ」

年かさの女の子は肩をすくめる。

「金鉱はここから下のほうにあるよ」

ミアの左にいる女の子が教えてくれる。五歳ぐらいだろうか。ミアは従妹のパミを思いだした。

「でも、子どもは砂金すくいって決まってんだ」

年かさの女の子は不満げだ。

「ドリはね、いつかの女みたいに、金のかたまりでもみつけて、ここを出ていきたいのさ」

むかい側の女の子がばかにしたように鼻をならす。年かさの子はドリというらしい。

「ここから出られないの？」

竜巻の村は、深い谷底にあるわけではない。ミアだって風の壁の切れ目から入ってこられた。出ていくことだってできるはずだ。

「出入りできるよ。今日だって、たくさん来た」

誰かがそういった。

「よけいなことを、しゃべるんじゃねぇ」

親方の声が飛んだ。何を話しているのかきき耳を立てていたらしい。女の子たちは、肩をすくめたものの、話すことはやめない。

「外へ出たって、食べられやしない。ここにいるほうがましさ」

「ドリは一度外へ出たけど、しっぽを巻いて逃げ帰ってきたんだ」

「そりゃそうだよ。外の村だって自分たちが食べるだけでやっとだ。竜巻の村から来た子になんか、わけてくれる食料も仕事もないさ」

テーブルじゅうの子がうなずきあう。

「金をもってここから出ていくんだ」

ミアは、男の子たちがとってきた砂金を思いだした。吹けば飛んでしまうほど少なかった。どれほどの金が必要なのだろう。

「ううん。運よく金のかたまりをみつけても、たいてい出ていきやしないよ。酒やばくちで何年か遊んで、また金鉱にもぐるのさ」

「ここにいるもんは、どこへ行っても同じだって。まともな暮らしなんてできやしない」

「外へ出ていったのは、あの女だけだ」

「あの女は、竜がつれてきた。どっかの谷のはぐれ者さ。金をみつけてさっさと出ていった」

「みつけた金をもとでに、商いを始めたってきいたよ」

「金をちらつかせて、村の男をたぶらかして結婚したんだよ」

となりどうしで、ささやきあう。

「あー、運があればなぁ」

ドリが、暗い空をあおいだ。

「あの女は大人で、男にまじって金鉱へもぐったもの」

「ドリ、大人になって金鉱へ入れるまで待つんだ。それまで鉱脈がかれなきゃいいねぇ」

「私ら、親なしっ子は、一生ここで土ぼこりまみれって決まってるんだよ」

女の子たちは、ここを出ていきたいというドリに、とても無理だと首をふる。

「私、お母さんいる。親なしっ子じゃない」

パミを思わせる子が、頭をふりあげていた。

「こんなところへ子どもをおきっぱなしにする親なんて、いないも同じだろ」

ミアのむかい側の子が、冷たくいいはなった。親がいるといった子は泣きだしている。

「サイ、いいすぎだ！」

ドリがしかったが、サイと呼ばれた子は、横をむいただけだ。

「私らみんな、竜巻の外に捨てられていたんだ。親の顔も知りはしない。その子の親は金鉱にいるけどね」

ドリがいうと、

「飲んだくれで、自分の子どもをろくに食べさせられない母親がね」

サイがつぶやく。つぶやいても、テーブルじゅうにきこえた。泣き声は大きくなった。

「お母さん、いるんだ。いいね。私も両親ともいない。顔も知らない」

ミアは、となりのその子にかがみこんだ。少し泣き声が小さくなる。誰かに声をかけてもらうのを待っていたのだ。

「へぇー、そうか。王宮にだって親のない子はいるわけだ」

ドリは、ミアは生まれながらに王宮にいる子だと思ったようだ。

「私、谷の子なんだ」

ミアは、自分で谷の子だと口に出したのは初めてだった。谷の子だからって恥じることなどない。私は何も悪いことをしていないのだからと胸をはれた。でも、谷の子だと目のかたきにするリリスがいないから、堂々と谷の子だといえたのだと、ミアは情けなかった。

「谷の子か」

「竜に呼ばれたんだね」

「それも王宮へかぁ」

「あんた運がいいんだ」

テーブルじゅうから声があがる。うらやましげだが、谷の子とだときいてミアを身近に感じたらしい。

「ここの竜は十歳の子を呼ばないの？」

「呼ばれなくても、出ていけんだよ。勝手に出てけってなもんさ」

ドリが肩をすくめた。

「それじゃ、ここの竜は何をしてるの？」

ミアのその質問に、緊張が走った。

「坑道で働いてんだ」

ドリがひときわ大きな声でいった。

テーブルじゅうが、そしてそのまわりのテーブルにいた子たちも、親方も、いっせいにうなずいた。何か隠しているらしいのはミアにもわかる。

「人間のはぐれ者がここに集まる。竜にだってはみだし者はいるのさ。人間も竜もどんよりした目をして、のろのろと時がすぎんのを待ってるだけさ」

ドリは、ああいやだと首をふった。

「私は、いつかの女みたいにここを出るんだ」
ドリは、そういって頭をそびやかせた。そのぎらつく目が、ちっともいやではない。
ミアにはドリの目がぎらぎらと光ってみえた。そのぎらつく目が、ちっともいやではない。とてもきれいだった。

大人っぽくみえるが、ドリはきっとミアより三つ四つ年上なだけだろう。それでもドリは、自分の望みをしっかりもっていた。私の目に光はあるのだろうか？　リリスにおびえ、王宮につれてこられたことをうらみがましく思うミアの目に、光などないと思えた。

寝る時にはまくらもない、板をしいただけのベッドをあてがわれた。ほかの子どもたちも同じようなものだ。ストールをかけて横になろうとして、斧がじゃまなことに気がついた。斧をぬいて、右手のそばにおいた。

「起きろ」
ウスズ様の声がした。眠ったつもりはなかったのに、うとうとしていたらしい。ストールの下に誰かの手がのびていた。その手はミアの起きた気配にさっとひっこんだ。ウスズ様をとられたとミアはあわてた。起き上がると、手にさわった斧をにぎって、やみくもにふり回していた。

斧は何かにあたった。押し殺した悲鳴のようなものもきこえた。誰かがいた。でも、もう、その気配はなかった。たしかめると、ウスズ様の袋はあった。まわりのベッドで誰かが起き上がった様子はない。規則正しい寝息がきこえてくる。みな疲れはてて泥のように眠っているのだ。ミアのドキドキいう心臓の音が寝息にまじってきこえてきそうだ。ミアは、あごまで引き上げたストールの下でふるえていた。

「なぜ、ふるえる」

ウスズ様がささやく。

「怖くて」

「無事だったぞ」

「斧が」

「斧が怖かっただと」

ウスズ様はあきれたようだ。

「それでも私の部屋子か！」

「斧なんてにぎったことがないし」

「練習しろ。あれでは自分を傷つける」

「いやです」

「今、なんといった？」

「いやです」

ふるえながらでも、ミアはくりかえした。いつものミアなら、大人に逆らうことはできなかっただろう。でも、今、ウスズ様は袋だ。威圧感も何もない。正直な気持ちをいえた。

「さ、逆らうのか！」

ウスズ様は、怒っていた。

「傷つけるのは、いやです」

泥棒にあいそうになったのが怖いのではなかった。誰かを傷つけたと思うのが怖い。苦いもので胸がいっぱいだった。

「情けない！　命にかかわることだってある」

そうなのかもしれないと思う。でも、今のミアには、斧も、それをふる自分も、考えたくもなかった。

「返事もしないのか。このがんこ者！」

ウスズ様は、本気で怒りだしていた。

「あんな女にびくつくくせに」

リリスのことだとわかった。

「強いところもあるではないか。あの女にくらい、はむかってみろ」

やっとリリスのいる王宮からはなれられて、心のどこかは解放されたようだった。なのにウスズ様は、リリスのことをもちだして、ミアをからかう。ミアにとって、リリスにむきあうことは深刻な問題だった。からかいの種にされたくはない。ミアはかっとした。

「袋にいわれたくありません」

「ふ、袋だと！」

「底のぬけた袋です」

「何をいっているか、わかってるのか！」

「塩袋のままにしておけばよかった」

「こ、こいつ！　私を誰だと思っている」

「いっしょに泣いたくせに」

「む、むむ」

ウスズ様はうなった。ミアはすっとした。ウスズ様がどんな顔をしているか知らないが、真っ赤になって怒っているのだろう。

「うるせぇ」

「寝言もいいかげんにして」

暗やみの中から声がした。ミアもウスズ様も黙りこんだ。

「朝だ。起きろ！」

親方の声がしたのは、それからすぐだった。

子どもたちは、あくびをしたり目をこすったりして起き上がる。ミアは鍋の前の親方へ目を走らせた。泥棒は親方ではないかと疑っていた。親方は、どこもけがをしているようではない。ミアは、ほっとしかけた。

「さっさと起きろ！」

親方が一つのベッドをみてどなる。

「サイ、どうした？　血！」

そのベッドへ近よったドリが悲鳴をあげる。ミアもかけよった。

サイは、右手をストールでおさえて青い顔でふるえていた。ストールに黒ずんだ血のしみが広がっている。

「おさえていれば、血は止まるかと――」

サイは、血の気のうせたくちびるでなんとかそういった。傷は深いようだ。

「わ、私なの。盗まれたと思ったから。ああ、ごめんね」

ミアは、またふるえていた。

「あんたがあやまることない。どじったサイが悪い」

ドリは、ストールをはぐ。サイの傷の血は止まっていない。

「く、薬がある」

ミアは、こんな深い傷をみたことがなかった。

効きますようにと祈りながらふるえる指でジャの薬を傷にぬってやった。ぬったあとから血が止まっていくのがわかった。

「すごい！」

ドリが目をみはる。

ミアの体じゅうからほっとして力がぬけた。

ミアは、血の止まったサイの傷をみながら、薬がなかったら、サイは死んでいたと思った。

そうでなくとも、右腕がつかえなくなっていたかもしれないと、青い顔でふるえをとめることができないでいた。

「あんたのほうがけが人みたいじゃないか」

そんなミアをみて、ドリがあきれた。

「痛くない！」

サイがミアをみた。ドリがストールをさいて、サイの右腕を肩からつってやる。

さっきまで、痛みをこらえて歯を食いしばっていたサイが、今になって泣きだした。

「あんたは金貨をもってるはずだって思ったんだ。それをとってここから出てやろうかって。そう考えだしたら眠れなくなって、気がついたら、手があんたの袋へのびてた」

サイはしゃくりあげながらそういう。

「ここから出ていくっていってるドリのこと、ばかにしてたのに」

ミアは、どうしてだと、サイをみた。

「私みたいに出たい出たいっていわなくても、ここの子はみんな心の底じゃ、こんなところにいるのはいやだって思ってんだよ。ここの大人みたいになるのはいやなのさ」

ドリは肩をすくめた。

「あんたはいいね。竜に呼ばれたんだ。堂々と新しい場所で生きていける」

サイは、まぶしげにミアをみた。

ミアはウスズ様の袋へ手をのばした。金貨をおいていこうと思ったのだ。

「やめて！」

サイが怖い顔になった。

「ほどこしをうけるつもりはないよ」

ドリはそんなサイの肩を抱いた。

「私ら、ちっぽけな砂金をすくって生きてる。でも、誰にも頼っていない。自分の力でだ。サイが、あんたから金を盗んだならそれはサイの力だ。盗まれたあんたが悪い。いくら金がほしくとも、同情されるのはまっぴらだ」

ドリも怖い顔だった。

「ごめんなさい」

ミアは、またあやまった。

「あんたは幸せに育ったんだね」

ドリとサイの目がやさしくなった。二人はミアをみて、ほほえんだ。

ドリもサイも強いと思った。ミアは、自分のふがいなさにうなだれるだけだった。

「サイ、おまえは今日、仕事にならんだろ。案内してやれ」

親方がそういった。ドリとサイは、はっとしたように親方をみる。

「赤の坑道へつれていってやれ」

ドリとサイは、うれしそうにうなずいた。

サイと岩の間の道を下る。道はゆっくりと広くなり、あたりの岩も小さくなって、竜巻の村がみわたせるようになった。村はすり鉢状に底へと開けている。岩や木で補強した坑道の入り口があちこちにみえ、そこへ出入りする男たちの姿もちらほらみえる。

男たちは、みな朝から疲れているような足どりだ。坑道の中は暑いのか、裸どうぜんの姿でつるはしを肩にかついでいる。

坑道のそばに、サイたちが寝泊まりしているような粗末な小屋もたくさん並んでいた。風はあいかわらず、砂を巻き上げながら吹いていた。

ほりだした岩をつんだ馬車が一台、土ぼこりをまいあげて坑道からおりてくる。アマダ様の竜が、細々と金が出るといったが、活気のようなものは感じられなかった。

なのに、村の集落に入ると様子がちがった。石づくりの大きな家が並んでいた。風の吹きようなのか、集落のあたりは、そよとも風がなかった。

家々の窓は開けはなたれて、朝ごはんらしく、人の声に食器の音、おいしそうなにおいもしてくる。

にぎやかだ。ずいぶん人が多い。朝からよっぱらっているらしい声もきこえてくる。笑い声や、笛の音もまじりだす。

「お祭りなの？」

ミアは村の祭りを思いだしていた。

「このあたりは宿が並ぶ。今日は特に客が多いのさ」

ミアは昨日、男の子たちが、子どもが宿に泊まれるかと笑ったことを思いだしていた。

窓からみえる客たちは、みんなうさんくさげだ。親方のところへ泊めてもらってよかったと思えた。

「客って、村の人じゃないの？」

「ああ、今日のレースで大金をせしめようとあちこちから、むらがってきてんだ。あんたは、王宮から来たから本当はないしょにするつもりだった。でも、親方は赤の坑道へつれていけっ

ていった。しゃべってもいいってことだ」

「賭博場のこと？」

　アマダ様の竜が教えてくれていた。

「それもある。でも、今日は特別だ。一年に一回だけ竜のレースがある。王宮には、竜は坑道で働いていると報告してる。レースをさせてることはないしょなんだ。あんたもしゃべっちゃだめだ」

　サイは、左のひとさし指をシーと立てた。ミアは、わかったとうなずきながら、

「でも、どうして親方は、私に秘密を教えてもいいっていってくれたんだろう」

と首をかしげていた。

「私のことを助けてくれたからさ」

　サイは肩からつった腕をみる。

「親方、いい人なんだね」

「うん。竜巻の外に捨てられる子を拾って、砂金とりさせて食べさせてくれる。ほうっておかれたら、死んじまうよ。言葉は乱暴だけど、やさしいんだ。ドリにも、夢みたいなこと、いってんじゃねぇ。金がたまったら、この村で何かの店でも開いて暮らしてけって。いつかの女が

帰ってこないのは、外で無事(ぶじ)に暮(く)らしてるんじゃなくて、死んじまったからかもしれないだろっていうよ」

サイは、親方の話なんてドリはきいてないけどねと、つけたした。

ミアにも、親方は子どもたちのことを親身になって考えているように思えた。

第六章　何百年ぶりの再会

ミアたちは、すり鉢状の村の底へ出た。

「あそこが赤の坑道の入り口。昔は銀が出たんだと」

サイが、横に広がった地面に開く穴を指さす。そこからいやなにおいがただよってくる。坑道へ入りもしないのに、まわりの温度も湿度も一気に上がったようだった。

坑道はなだらかに下へ下へとおりていく。天井もどんどん高くなる。においもきつくなって、ところどころにたいまつがたかれ、さっきみたサイの血の色のような壁を照らす。

急に地面がとぎれた。でも坑道ははてしなくつづいている。地面がとぎれたむこうは、ふつふつとわいている泥の湖だった。においと熱はその地底湖から上がっていた。

どこまでつづいているのだろう。ミアが立っているところから、むこうはみとおせない。赤い天井から銀色の大きな水滴のようなものが湖面におちて、ジュッ！　といやな音をたてる。けものたちのうなる声もしていた。

「ここは、水がねって魔女が仕切ってるんだ。やっぱりはぐれ者の魔女さ」

サイはそうささやくと、

「水がね、水がね」

と、その魔女を呼んだ。

「この忙しいときに誰だ？」

ミアたちの足元の地面がとぎれた崖のふちに顔がのぞく。生首がはえたようにみえて、ミアは悲鳴をあげていた。

「子どもか。ここは金のない者が来るところじゃないよ」

崖の下にはしごがあるらしく、水がねはそれをのぼってきた。

大きな魔女だった。白髪まじりの髪を後ろでたばねている。首に金の鎖を何重にも巻き、耳に金の輪をさげ、出ておいき！　とふる腕にも腕輪、指にも太い指輪を何本もしていた。

「この子が竜をさがしてる」

サイがミアを水がねの前へ引っぱった。

「さがしてどうする?」

水がねの細い目がミアをいすくめる。

「つ、つれて帰ろうと――」

リリスでなれているつもりでも、大人に最初から不機嫌にあたられると、ミアはしりごみしてしまう。

「何様のつもりだ。今日はなんの日かわかってるだろう!」

水がねは、事情をわかっているはずだとサイにどなった。その声は坑道じゅうにひびきわたる。

けもののうなり声が大きくなる。

「この子は王宮から来たんだ。親方がつれてけって」

サイが、頭をふりあげた。

親方がいったのかと、水がねは大きな肩をすくめたが、

「王宮から来ようが、ここの竜はこの村のもんだ」

と首をふる。

「竜が、この村のもの？」

ミアには竜がものあつかいされていることがわからなかった。

「竜巻の村の竜は、売られてきた竜なのさ」

サイには、ミアがとまどっている理由がわかったらしい。

「売られた。竜が、お金で――」

ミアには、あの毅然とした竜たちが、お金で売られることになるなど信じられなかった。

「ここの竜は、もてあまされたり、はぐれたり、この世からはみだした、ここの住人たちと同じ身の上のかわいそうな竜なのさ」

水がねは、ふんと鼻をならす。

「あ、あの、お金なら、もっています。たりなかったら王宮からとどけてもらいます」

「金をつむというわけか」

水がねは、また鼻をならす。お金がほしいというわけでもないらしい。

「その前に、ここの竜が出ていくっていうかね」

水がねは湖のほうをふりむいた。

「出ていくっていったら、つれて帰っていいですか？」

「さあて、いうかね」

水がねは、みてみろというように崖へあごをしゃくった。

ミアは、おそるおそる崖から下をのぞきこんだ。

崖の下に赤い岩の竜だまりがつきだしていた。恐ろしい竜だまりだった。三十頭ほどの竜が仕切りのある檻に入れられている。ミアはその檻を上からみおろす形になった。竜たちは、檻の中で、となりの竜にかみつこうときばをむき、炎をはき、檻に体をぶつけ、飛びあがろうとしては檻の天井にぶつかった。竜たちの目はもう緑ではなかった、血ばしったよどんだ色だ。銀色の体も焼けこげたらしいあとがあり、うすよごれている。翼だってぼろぼろだ。けものの声だと思っていたのは、竜のうなる声だ。頭の中にきこえる竜の声しかきいたことのないミアは、崖のふちから後ずさっていた。赤の坑道の竜たちは、ただのけものだった。

「わかったろう。昔は人間とかかわりがあったろうが、今は裏切られ、捨てられ、嫌われて、忘れられた竜たちだ。人間のなぐさみものにしかならないあわれな竜たちさ。さあ、出ておいき。そろそろ、客も来る。レースに出す竜を選ばにゃならない」

水がねは、また腕輪をならして出ていけと手をふった。

「竜が出ていくといったら、つれて帰っていいですか」

それでもミアは、水がねにとりすがった。このまま帰るわけにはいかなかった。あの中にウスズ様の竜がいるはずだった。

「ふーん。そうさね。おまえがさがしている竜が、どれなのかみてからにしようかね」

水がねは、こずるそうにもっと目を細める。

「気をつけな。水がねは、何を考えてるかわかりゃしないよ」

サイがささやく。

「おまえは、もう帰れ。ここは、もんなしの子どもには用のないところだ」

水がねは、サイを追い立ててはしごをおりていく。

ミアは、心配げなサイにうなずいてみせると、水がねのあとにつづいた。

ウスズ様は何百年も前に呪いをかけられた。そのとき、ウスズ様の竜もいなくなったという。そのときにここに売られたのだろうか？　きっとウスズ様のことなど忘れて、とっくにけものになっているにちがいないと思えた。

たとえけものになっていても、ミアはそれをたしかめなければいけない。

水がねは、檻のふちに立って竜たちをみおろす。竜たちは、自分を選べというようにいっそうはげしくあばれだす。吠えるような声を出し炎をはく。水がねは、器用にその炎をよけなが

ら、檻の上を歩く。

「ああ、飛ばせてやるよ。うれしかろう。やはり、いちばん人気のちぎれには出てもらおう」

と、しっぽのちぎれた竜の檻に、ふところから出した赤い布を巻きつけた。

ミアも、こわごわ檻の上を歩きだした。

「いた」

突然、ウスズ様の声がした。

たけりくるっている竜たちの中に一頭だけ、しっぽを抱くようにして眠っている竜がいた。ウスズ様の声がきこえたわけではないだろうに、その竜は目を開けて、まっすぐにミアをみる。その竜の目だけがすんだ緑だった。ウスズ様を待っていた、何百年も助けが来ると信じていた目だった。

竜はウスズ様の気配を魔女のようには感じないはずだが、竜騎士とその竜には、何かひきあうものがあるらしい。ミアをけげんそうにみたが、ウスズ様がいっしょだと感じたらしい。

「遅い」

と一言いって、銀色にかがやくくもり一つない体でゆっくりとたちあがった。女の声だ。

「すまん」

ウスズ様は恥じいっていた。

「この竜です」

ミアが、水がねに竜を指さしてみせた。

「ほう。出ていきたいというわけだね」

水がねは、たちあがったその竜に目を走らせると、

「あれは、一度もレースに出ようとしたことがない。飛ぶことを忘れたのかと思っていた。おもしろい。そうだねぇ。今日のレースで一着になれば、つれていってもいい」

と、ミアをみる。

ウスズ様の竜は檻の中を地底湖側へと移動した。

水がねは、その竜の檻にも赤い布を巻いた。

崖の上にはもう客が集まって、竜だまりをのぞきこんでいた。

「みなれん竜だ」

「今日初めて飛ぶらしい」

「みろ。体もきれいなもんだ」

「初めて滴にあたれば、飛べまい」

「ありゃだめだ。おれは、やっぱりちぎれにする」

客たちが、ウスズ様の竜をみてはささやきあう。竜の体の焼けこげは、天井の滴でできたものだ。あれにあたれば、飛べないくらい痛いのだ。ジャだ！　私にはジャがある！　ミアは、ウスズ様の竜の痛みをとってやることができる。

ミアは、客から賭けの金を集めている水がねにかけよった。

「私、竜に乗っていいですか？」

「そりゃ、乗ってもいいが。いくらおまえは小さいとはいえ、はやさをきそうレースにじゃまじゃないかね」

水がねは、何をいいだすのだというように、ミアをみた。

「いいじゃないか。乗せてやれ」

「だが、おまえの乗る竜には賭けんがな」

「いや、この子の乗る竜が勝てば、大もうけできるぞ」

客たちが、おもしろがる。水がねは、やっと、かまわないとうなずいた。

ミアははしごをおりた。レースに出る竜の檻の地底湖側の扉はもう開けられていた。

「いっしょに行きます」

というミアを、竜は首にまたがらせてくれたが、ウスズ様は怒っていた。

「大ばか者！　おまえが乗ってどうする！」

「この子は何？」

ウスズ様の竜がおもしろそうにきく。

「私の新しい部屋子だ。臆病者かと思うとひどいがんこ者だ。のろまのくせに、竜に乗るのだと！　乗りなれているなどとほめられたものだから、図に乗りおって。こら、きけ！　私のいうことをきいているのか！　おりろ。おりるんだ！」

ウスズ様がミアをしかるが、ミアは口を真一文字に結んで、竜の首にしがみついた。

水がねのたたく鐘の音が合図だった。

竜たちはいっせいに地底湖へ飛びだした。

「谷の子、おちるな。足手まといになるな！」

ウスズ様が、あきらめたようにどなった。

しばらく飛んでいないというウスズ様の竜がいちばん後ろだ。

でも、じょじょに感覚をとりもどしたらしく、スピードをましていく。

一頭追いぬく。追いぬかれた竜は、ウスズ様の竜のしっぽにかみつこうとしたが、天井から

おちる滴にあたって悲鳴をあげながら地底湖へおちていく。

「ウッ！」

ウスズ様の竜もうなった。ジュッと音がして、こげつくいやなにおいがミアの鼻をつく。ミアの目の前で、ウスズ様の竜の首が煙をあげていた。ミアは、そこへジャの薬をすりこんだ。ジャで痛みはなくなったらしい。ウスズ様の竜はうなっただけで飛びつづける。二頭追いこした。

「左だ！　左から回りこめ！」

ウスズ様がどなる。

竜たちは、お互いにからみついたり、滴にあたったりして何頭か地底湖へおちていく。

また滴があたった。左の翼のつけねだ。ミアは、体を精いっぱいのばしてそこへもジャをぬった。ウスズ様の竜は、先頭を争う三頭の竜の中へわりこんでいく。その三頭は、お互いにかみついたり、しっぽをふり回したりしてもつれていた。

「上からこしてしまえ！」

滴がまたあたった。今度は背中だ。ミアは翼につかまってたちあがるようにしてジャをぬった。ほっとしたとき、下から飛びあがってきた竜にウスズ様の竜がはね飛ばされた。そのいきおいでミアは、ふりおとされていた。

「ば、ばか者！」

ウスズ様の声も悲鳴にきこえた。ミアの目に煮えたぎる湖面がはっきりとみえる。そしてウスズ様の竜の緑の目もみえた。

ウスズ様の竜は、ミアを首にうけとめた。

「おちるなといっただろ！」

ウスズ様も、どなり疲れたのか、声がかすれている。

まだ飛んでいるのは、ウスズ様の竜としっぽがちぎれた竜の二頭だ。そのちぎれたしっぽが、ミアめがけて飛んでくる。ミアは必死でウスズ様の竜の首にしがみついた。ウスズ様の竜は、そのしっぽをよけた。それでスピードがおちた。ちぎれしっぽは、ウスズ様の竜の首にかみつこうとした。そのときまでは、たしかにちぎれしっぽのほうが上にいた。あっというまだった。ウスズ様の竜は、翼のひとかきでちぎれしっぽを飛び越して、ちぎれしっぽの上空に出た。そして足の爪でちぎれしっぽの背中を引きさく。ちぎれしっぽは、悲鳴をあげながら地底湖へおちていった。ウスズ様の竜だけが宙に残っていた。

ウスズ様の竜は、ゆうゆうと飛んでいた。

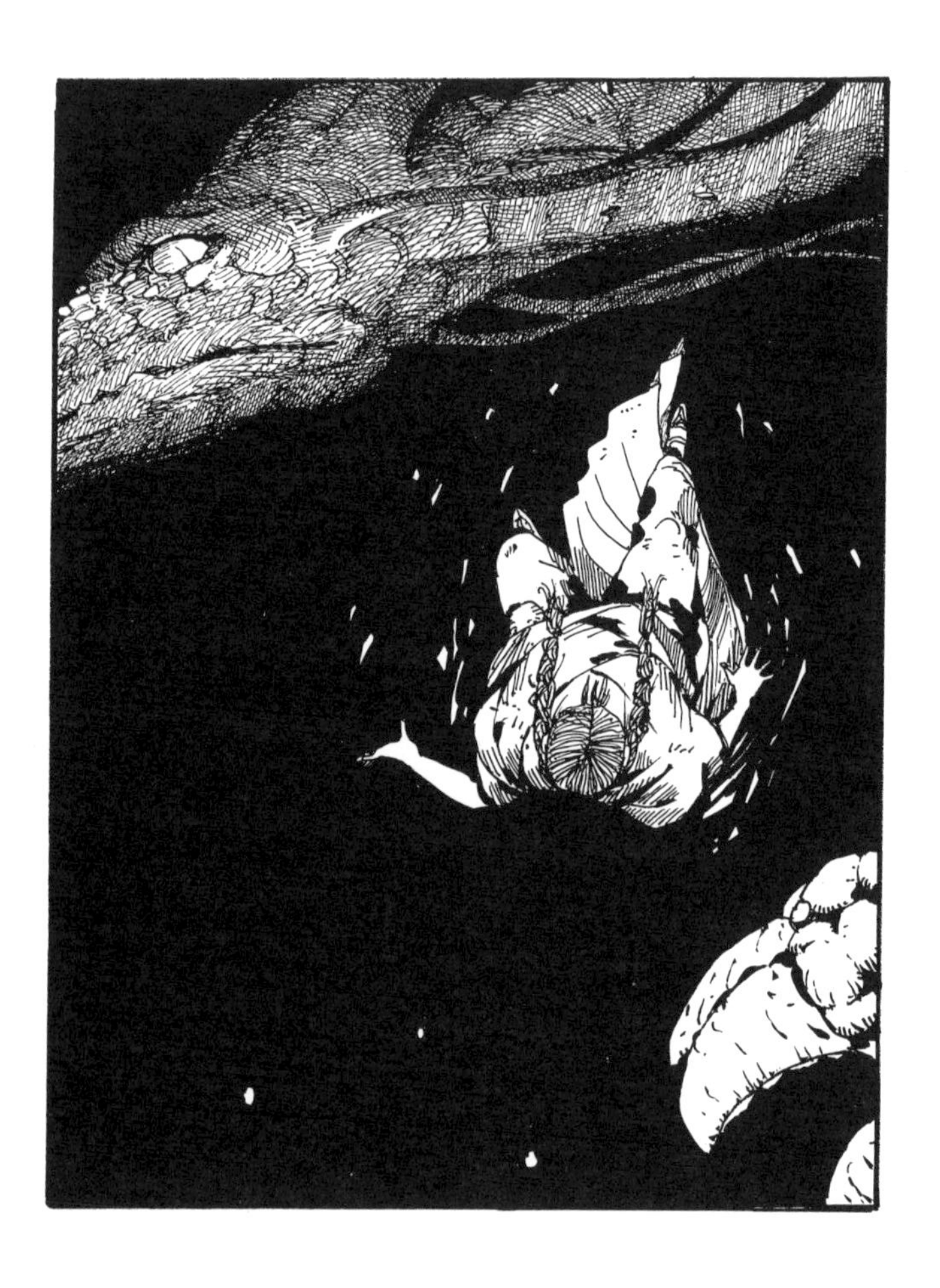

「久々に疲れたぞ。このおろか者のおかげで、冷や汗が出た」

ウスズ様がいう。ミアは、あんなにどなれば疲れるに決まっていると思った。そして、ほめてくれてもいいのにとも思った。怖かったけどミアは必死でがんばった。自分は、どなることしかしなかったくせにと、

「袋だもの、汗なんてかきません」

とつぶやいていた。

「こ、この――！」

歯ぎしりの音がきこえてきそうだ。

「袋、ウスズ、袋なの？」

ウスズ様は、しぶしぶ自分の今の状態を竜に教える。

ウスズ様の竜は、からからと笑いだしていた。ちぎれしっぽの背中を引きさいた竜とは思えなかった。ウスズ様と竜は、まるで姉と弟のようだった。

ウスズ様の竜に賭けて、大もうけした何人かの客がとびあがってよろこんでいる。ちぎれしっぽに賭けて、そんをした客でも「ひさびさにおもしろいレースだった」と、うらむ様子はない。

水がねは、しぶしぶだったが約束を守った。

サイや、「いつか必ずここを出るわ！」というドリに見送られてミアは竜巻の村を出た。

竜巻の村を飛びだしながら、

「それじゃ、星の音が何に変えられたか、わからないわけね」

ウスズ様の竜は考えこんだ。

「何かに変えられたとしても、ウスズ様のお屋敷にはありませんでした」

「それじゃ、誰かがもちだしたんだわ。テムはどうしたの？　テムは何か知らないかしら？」

ミアは、初めてきく名だった。

「あのころいた部屋子だ」

と、ウスズ様が教えてくれる。

「ああ。しばらくウスズ様のお屋敷に残っていたそうです。でも、いつのまにか王宮から姿を消したとききました」

スチが、弓の魔女に誘惑されて呪いの手引きをしたとうわさされ、ウスズ様の呪いをとこうと王宮を出ていったといっていた。

「テムが何か知ってるわ」

「でも、何百年も前の人です。とっくに死んでます」

ミアは、竜や魔女たちのように人間は生きられないと首をふった。

「テムは、川中の都の大きな薬問屋の三男坊だったわ。何代もつづいている店よ。きっと、まだあるわ。子孫は王宮に上がった先祖のことを何かきいてないかしら」

竜はもう、川中の都をめざしていた。

第七章　燃える石

　川中の都の竜だまりは、網の目のように、走った道がすべて交わったところにあった。やはり真ん中に噴水がある。二頭の竜がいて、ミアたちがおりていくと、

「おお、ウスズ殿の竜ではないか。久しいのぉ」

と声をかけてきた。

　テムの家だったという薬問屋はまだあった。ミアは、都も、石づくりの三階建ての家も、商店をみるのも初めてだった。

　戸を大きく開けはなした広い店の中は、買い物客でごったがえしていた。

　壁じゅうに棚があり、草、根、骨、石、カメの甲羅、ミアには見当もつかないものがつめこまれている。店の者が、客の注文にあわせて棚からいろいろとりだしては、きざんだり、ねっ

たり、煮だしたりしている。

忙しそうなありさまに、ミアは気おくれしそうだったが、斧をみせると子どもでもていねいにあつかってくれて、すぐ店主が出てきた。

ずいぶん昔のことだといいながら、やはり先祖のことは知っていた。

「王宮へ上がった者がいたことは知っております。逃げ帰ったのだとか。そんな者を、ここへおいておくわけにもいかなかったのでしょう。薬草畑をまかせたそうです」

店主は、川むこうにある薬草畑を守っている家を教えてくれる。

その家は、すぐみつかった。ミアの祖父の家のようだ。大きな農家だった。

その家のおじいさんはもう畑へ出ることもないらしく、孫だろう小さな男の子といっしょに家の外でひなたぼっこをしていた。

「昔のことですなぁ。先祖が王宮にいたときいたことはありますが、くわしいことは、何も知りません」

おじいさんは、話したくなさそうにみえた。逃げ帰ったといわれているのだ。先祖のテムのことを恥じているのかもしれなかった。

それでも、礼をいって帰ろうとするミアに、「わしの甥が先祖と同じ名をもらったせいか、王宮へあこがれましてな。子どものころは竜騎士様におつかえしたいなどと、たいそうなことをいっておったんです。下働きの口があって王宮へ上がりました。王宮といっても広いのでしょうが、テムをご存じありませんかな」

と、おじいさんがきいた。

「私は、王宮へ上がったばかりで――」

ミアが首をふったとき、畑からこの家の人たちが帰ってきた。昼ごはんだろう。男の子が、父親らしい人へかけよっていった。その子を抱き上げた父親は誰かに似ていた。いっしょにいる女の人や、ほかの男の人にも、どこかみおぼえがある。

「ああ。畑の番人！」

ミアは、そうか薬草畑だとうなずいていた。王宮の畑でかゆをくれた人だ。

ミアは、テムの母親だという人にひきとめられて昼ごはんをごちそうになっていた。大きなテーブルについて、おじいさんから食べ始める。まるで村の祖父の家へ帰ったようだ。なつかしいとは思えても、そこへまた自分が帰れるとは思っていないことに、ミアはとまどっていた。

「無口な子ですが、元気でしょうか」

テムはもうおじさんだと思うが、いくつになっても母親は心配なのだろう。

「はい。私はとても親切にしてもらってます」

心の底からそういえて、ミアはほっとしていた。

「王宮って瑠璃色だって本当？」

若い女の人が目をかがやかせる。ミアは、そうだとうなずいた。すると、

「ああ」

と、おじいさんが声をあげた。

「父からきいたことがあります。昔、家に瑠璃の玉があったそうです。このあたりで瑠璃などみることはありません。先祖のテムが王宮にいた証のような気がしますな」

瑠璃の王宮と瑠璃の玉。きっとそれだ！　それが星の音だ！

この家の先祖のテムがウスズ様の屋敷からもちだしたのだ。きっとテムは、王宮の思い出のつもりだったのかもしれない。星の音だと知っていたら、テムはウスズ様の袋をもって出たはずだ。星の音は瑠璃の玉に変えられたにちがいない。

「みせていただけませんか」

ミアが頼んでも、おじいさんは首をふった。

「それが、ありません。父の代に火が出ました。火の気のないところからだったそうです」

おじいさんは、まゆをよせた。

「不思議な話でしてな。その焼けあとにその瑠璃の玉のかわりだというように、ちょうど同じ大きさの、やはり青色だったそうですが、透明な石があったそうです。その石を岩山の都の宝石屋へ売ったそうで。たいそうな金額だったとききました。それで、この家は、前より裕福になりました」

おじいさんは、ははっと笑った。


ミアはまた、竜の背にいた。

「火の熱で色が変わったんでしょうか？」

そんなことがあるのだろうかと首をかしげる。

「とにかく宝石屋へ行く」

ウスズ様も、わけがわからんというようにつぶやいた。

岩山の都は、王宮に近い。宝石屋は、やはりにぎやかな通りにあったが、平屋の小さな店がまえだ。店の中には宝石が並んでいるわけでもなく、机の前に小さなおばあさんが、縫い物をしながらすわっていた。

「薬草畑の家から買った青い石――」

おばあさんは、さあてというようにまゆをよせたが、あっという顔になった。

「透明な青い石。あのサファイアのことかしら?」

おばあさんは、きっとそうだとうなずいた。

ミアには宝石の名前などわからない。でも、おばあさんは、うんうんと何度もうなずく。

「大きくてきれいな石だったの。短刀の柄にうめこんであった。私の祖父が細工したらしいわ。何しろお値段もよくって。なかなか買い手がなくてね。父の代に、島の都の船長の家が買ったはずよ。海の色のような石だったから、ぴったりの家へ買われていったと子ども心に思ったものだった」

「島の都――」

ミアは、これから海へ行くのだと思った。

「でも、もうきっと、なくってよ。風のうわさで、船長の家が焼けたときいたから。火の気のない土蔵から燃えたそうよ。父が、あの石もなくなったのかとがっかりしていたわ」

おばあさんは、きれいな石だったのよと、ため息をついた。

また火だ。テムがもちだした石には火がまとわりつく。どうしてだろうと考えながら、ミアは、おばあさんが縫っているものが気になった。おばあさんは、ミアの視線に気がついたらしい。

「これは宝石を入れる袋。私の店は、地下に細工職人がいて、注文のあった装身具をつくってるのよ。できあがった装身具は、布をはった箱へ入れるのだけれど、石だけをあつかうこともあるの。そんなとき、宝石を入れる袋は、私が縫うの」

おばあさんは、できあがった袋の口をきゅっとつぼめて、ぶらさげてみせる。

同じような袋を王宮を出る前にスチがみせてくれた。

あの袋の中に入っていたのは、緑色の石だった。そして、あの袋はもっと大きかった。今ミアが帯にさげているウスズ様の袋と同じぐらいに。

「そ、その青い石は、この袋に入るぐらいの大きさじゃありませんでしたか？」

ミアは、ストールの下からウスズ様の袋をひっぱりだした。

「ええ、ええ。あんな大きな石は、あれ以来私はみたことがありませんね」

おばあさんは、うなずいてくれた。

宝石屋を出たミアは、頭の中がもやもやしていた。

「テムの家にあった瑠璃の玉、そして火事の焼けあとにあった透明な青い石。その石と、スチがみせてくれた緑色の石は、同じものじゃないでしょうか」

「大きさは同じかもしれんが、色がちがうぞ」

ウスズ様もうなるだけだ。

「テムの家で、一度色が変わってます。火の熱で変わったのかもしれません。島の都の船長さんの家も火事です。また火の熱で色が変わったとしたら。もしかしたら、その石自体が勝手に燃えあがるんじゃないでしょうか？　ウスズ様の袋だってこげてます」

「色を変えるためにか？」

「はい。あの緑色の石は、どこからとどいたんでしょう？　島の都の宝石屋さんだったら、やっぱり同じ石のような気がします」

ミアは、それをたしかめに島の都へ行こうといいかけた。でも考えているうちに、島の都まで行かなくてもいいのだと、思いあたった。

「アマダ様の竜にきけばいい」

とうなずいた。アマダ様の竜がスチへとどけたのだ。石がどこから来た物なのか知っているはずだ。

「竜は知らんだろう。竜は、門を通った物を運ぶだけだ」

ウスズ様が、

「門へ行くぞ」

と、道をミアへ教えた。

教えられた道を急ぎながら、

「門ってなんですか？」

と、ミアは首をかしげていた。

「そうか。おまえは谷の子だ。門を通りはしなかったわけか」

「はい。竜に村からまっすぐ王宮につれられてきました」

「門は、王宮へ上がる人間や品物を品定めするところだ」

ウスズ様はそういった。

門は、岩山の都のはじ、王宮をみあげる場所にあった。屋根のかかった大きなホールに肉や野菜や油やたきぎをつんだ荷車が何台も入っていく。ホールの中にはテーブルがたくさん並び、その前に立っている人が、はこびこまれる品物をテーブルの上で調べていた。

麦をテーブルの上にあけ、わらくずのはてからえりだしている人もいれば、布を広げて明かりにすかしてみている人、人参の泥をおとしながら虫食いをさがしている人もいた。ホールのむこうが王宮側に巨大な門をもつ竜だまりだ。何頭もの竜が、調べ終わった品物をつめた大きなかごを足につかんでは、門をくぐって王宮へ飛びたっていく。

ミアはその量の多さに目をみはった。

畑の番人の畑にできる物だけで、王宮の食料はまかなえるのだと思っていた。ミアはのぞいたこともないが、王宮の奥むきにだって人はいる。やっと野菜の芽が出たあの畑だけでまにあわないことは、わかりきったことだと思いあたった。

そろそろ日も暮れる。でも門のいたるところにかがり火がたかれ、まるで真昼のようだ。

「日が暮れると竜たちは動かんが、門を通す物を調べる者たちは、交代で働く。そうでもせんと王宮でつかうもの全部に目を通せん。ここは一晩じゅう明るいのだ」

ウスズ様が教えてくれる。

ミアが王宮へ初めて来た夜、眠れないでみていたまたたく明かりは、ここのかがり火だ。

あの夜が、遠いものに思えた。

ミアは、魚を調べ終えた人をつかまえた。

「なに、石？　わしは食料の係だ。石は、あっちだ」

その人はホールの右を指さした。たくさんの小部屋があるらしくドアが並んでいた。

「どの部屋へ行けばいいんでしょう？」

ミアは、同じようなドアをみた。

「帳簿のある部屋だろう。はじだ。まだ誰かいるはずだ。さあ、行ってくれ。今日は、王宮で祝いがあるそうで、門を通す物がいつもより多い」

その人は、じゃまだとミアに手をふった。

王宮でのお祝い事。王子の誕生日だろうか。そう思いながらミアは、教えられた部屋をのぞきこんだ。

その部屋は棚に紙がつまっていた。帳簿らしい。一人のおじいさんが、机にすわって棚からひっぱりだしたらしい紙のたばにかがみこんでいた。

「なんだと、石の素性？」

おじいさんは、迷惑げだ。ミアが斧を出してみせると、あきらめたように肩をすくめた。

4129
N·4130
N. 4521
N. 4522
N. 4932

「王宮から、今までめしかかえた者たちの身元をもう一度調べなおせといわれておる。弓の魔女の呪いがかかった者が出たそうじゃないか。石の素性などに、かまっておられんのだがな」

と、たちあがって棚の帳簿を調べだした。

「わしは、人を選ぶことしかせん。石の帳簿はどこへやりおった！」

おじいさんは、いらいらと紙をめくるが、なかなかみつからないらしい。

ミアは、机の上のおじいさんが調べていた帳簿にテムの名前をみつけた。

「テムさんも、おじいさんが選んだんですか」

ミアは、薬草畑の一家が、王宮へ上がったテムを心配していたのを思いだしていた。

「テムを知っているか？　元気でいるのか。畑をたがやす者がほしいといわれてな。薬草をつくるときいてテムを選んだ。無口だが実直そうな目をしたいい若者だった。何十年も前のことだ」

おじいさんは、帳簿をさがしながらそういって、

「リリスは出世したようだな」

と、つけたした。リリスも門から王宮へ上がったのだ。

「あの女の目はぎらついておった。まあ、あれぐらいじゃなきゃ出世はせんわな」

テムの目とは反対に、ということで思いだしたらしい。

「あの女は川中の都の役人の家で働いていたが、その役人が女官にと推薦してよこした。赤岩村の出だといったが、そうは思えんかった。字も読めば、きれいに書きもする。第一あの肌だ。砂にさらされた肌じゃない」

おじいさんは、帳簿をさがしながらそういう。ミアに話しかけるというより、ひとりごとのようだ。身元を調べなおしているといった。おじいさんは、リリスを疑っている。

「リリスが弓の魔女？」

ミアは思わずつぶやいていた。

おじいさんは、ミアがいたことを思いだしたように、はっとふりむいて首をふった。

「役人の家に奉公する前は、夫婦で赤岩村から出てきて食い物屋をしていたらしい。夫と別れるまでの短い間だったそうだがな。うまいものを出すし、女将は愛嬌があるしで、繁盛していたそうだ。魔女に食い物屋はできんだろう」

おじいさんは、それでも、どこかしっくりしないとまゆをよせる。早く石のことを調べてほしいと思いながらも、ミアも、魔女のかゆの味を思いだしていた。

魔女のかゆは苦い。魔女の味覚は、そうとう変わっている。魔女においしいものなどつくれるはずがなかった。リリスは弓の魔女ではないのだろう。それでも、あの冷たい顔のリリスが、食べ物屋の女将をしていたなどと信じられなかった。でも、計算高いとうわさされていることを思いだして納得した。リリスなら、愛想笑いだってするかもしれなかった。

「おお、これだ。やっとみつけたぞ。緑の石か。アマダ様へお届けしたエメラルドだな。島の都の宝石屋から買いあげたたな」

ミアは礼もそこそこに、その部屋を飛びだしていた。

やっぱり同じ石だ。星の音は石に変えられた。みずから燃えあがって色を変える呪われた石にだ。まるで今きいたリリスのようだとミアは思った。

リリスは、食べ物屋の女将、役人の家の奉公人、王宮の女官、そしてもっと位の高い女官になろうとしている。石もきっと何度も燃えあがり色を変え、そして、また王宮へもどったのだ。

ウスズ様も同じことを考えていたらしい。

「竜だまりへ行け！」

ウスズ様は、竜を呼ぶ口笛のような音を出した。

N.5475
N.5438

門のホールは広い。そこに集まる荷車をよけ、人をかきわけ、ぶつかり、ミアは走った。

「急げ、のろまめ！」

ウスズ様がどなる。

門の竜だまりには、もうウスズ様の竜がいた。その首によじのぼって、

「王宮へ」

ミアは息もたえだえにそういった。

「アマダの屋敷で私は、星の音のすぐそばにいたんだ！」

ウスズ様は、どうして気がつかなかったんだろうと悔しげだ。

「石に変えられていたのね？」

ウスズ様の竜がうなずく。

「きっと、何かの石に変えられた星の音は、最初は私の袋に入っていたのだ。そして燃えた。私は焼きつくされるところだったのかもしれん。だが、底がぬけただけだった。そして瑠璃の玉が屋敷に転がった。それをテムがもちだした。それから何度か燃えあがりながら色を変えたのだろう。今はエメラルドだ。王宮のアマダのところだ。なんという呪いだ！　執念深い」

ウスズ様がうなった。

「今はきっと、コウ様の帯に縫いこまれています。もし燃えたら――」

ミアは青くなった。

「今日、お祝いがあるって門の人がいってました。王子の誕生日です。コウ様は、その帯をしめます」

スチが、王子の誕生日にコウ様は奥むきに上がるといっていた。

「王宮を焼きつくすつもりだ！」

ウスズ様がそういったとき、王宮に着いた。


ウスズ様の竜がテラスへおり立ったとき、すっかり日は暮れていた。

日の棟の廊下にも月の棟の廊下にも、かがり火がたかれている。

テラスからのトンネルを中央ホールへむかってかける。気がせいているミアのせいだけじゃない。あたりが騒がしい。悲鳴のような声もすればどなり声もきこえる。

トンネルから中央ホールへ出ると、日の棟の人たちが、奥むきへ行くトンネルへかけこんでいくのがみえた。その人たちの頭の上を二、三人の魔女がほうきに乗って、ものすごいいきおいで追いこしていく。誰の顔も緊張して、目におびえの色がある。スチの後ろ姿もあった。ミアも、その人たちの流れにのみこまれていた。

奥むきへむかうトンネルを出たところで、人々がかたまっていた。あとからかけつけてきた人たちを、

「押すな！　おちる」

と、怖い顔でふりむく。

トンネルから出たら、深い谷だ。王宮の瑠璃色の鉱脈に亀裂が走っている。その亀裂は竜が入りこめるほど広くはなく、人間が飛び越せるほどせまくもない。そのむこうが奥むきだ。谷をへだててやはり広いホールをもち、左右に手すりのある廊下がのびていた。

ミアの腕を誰かがつかんだ。スチだ。

「奥むきへむかう橋がおちたのよ」

と青い顔をしている。ここに橋がかかっていたらしい。

矢が飛んできた。悲鳴があがる。ミアの前に立っていた人たちに矢があたったのだ。ばらばらと矢はつづく。男が一人、悲鳴をあげながら谷におちていく。矢にあたった人を、何人かでかかえて、トンネルの中へ引っぱりこんだ。ミアも、人の流れに押されるように、またトンネルにもどってしまう。けがをした人たちは、そのままトンネルからはこびだされていった。

「弓の魔女が姿をあらわした。橋をおとしたのも弓の魔女のしわざよ！」

スチが、トンネルのむこうへ目をやるが、逃げこんだ人の頭で、よくみえはしなかった。

「魔女様たちが、弓の魔女を追いかけているわ。でも、月の棟に残っていた魔女様は、ほんの数人だったの」

トンネルのむこうを、ほうきに乗った魔女の影がかすめた。でも、それが月の棟の魔女なのか弓の魔女なのか、わかりはしない。

「コウ様は？」

ミアは、あせった。

「今日から奥むきにお上がりよ。王子の誕生日なの。これからお祝いの宴よ」

王宮で祝いがあるというのは、やはりそのことだ。

「帯をして？　あの緑色の石をはめこんだ――」

スチはうなずく。

燃える。今日燃える。だから、弓の魔女が橋をおとしたのだ。

「燃えます。コウ様の帯が燃えます。帯をとるようにいってください！」

ミアは叫びながら人をかきわけて前へ進もうとした。

悲鳴がきこえる。奥むきからだ。

「何ごとだ！　何が起こった？」

トンネルの出口にいた人たちが、また崖に走りでる。もう弓の矢は飛んでこない。弓の魔女は、月の棟の魔女たちに追いかけられて、弓を射る余裕はないらしい。

ミアは、なんとか前へ進もうと、かたまっている人たちの足の間にもぐりこんでいった。

「どうしたのだ？　何があった？」

アマダ様が、崖から身を乗りだしていた。

弓の魔女が橋をおとしただけではない。また何かまがまがしいことが起きた。アマダ様をはじめ、崖にいる人たちは、そう感じていた。

奥むきの人たちが、ホールの奥にある大きなドアへかけこんでいくのがみえる。大きく開けられたそのドアから、どす黒い煙が一気に流れだす。その煙に悲鳴がまじる。

煙の中から、焼けこげたチュニックの人たちが、助けに行った人たちにかかえられたり、自力でよろめいたりしながら、ホールへ逃げだしてくる。みな煙にせきこみながら、真っ赤な目をしてホールの床に倒れこむ。

橋がない今、ミアたちは手をこまねいて、そんな騒ぎをみていることしかできない。

助けに行った人が、やっとアマダ様の声に気がついて橋がかかっていたところまでかけてきた。

「火が出ました。宴席からです。祝いの席がととのって、これからお祝いの宴が始まるはずでした」

火の出た部屋にいたらしい、髪もちりぢりに焼けて顔をすすだらけにした人も、よろめきながらやってきた。

「みなさまお席にお着きになったところでした。王族の方々のお席のあたりから、突然火が出ました。その火があっというまに燃え広がって――」

かすれた声で、なんとかそういった。

やはり、あの石だ。

コウ様の帯のあの石が燃えたのだ。ミアは、遅かったとくちびるをかんだ。

「王は！」

アマダ様が青い顔でどなったとき、煙の中から両わきをかかえられて、長いひげの男の人があらわれた。

トンネル側にいたアマダ様たち全員が、ほっと息をつく。あの男の人が王なのだ。その後に女の人たちも助けだされてきた。

「子どもたちは――！」

と、その中の一人が悲痛な声で叫んだ。王妃らしい。

その声にこたえるように、子どもをかかえた男が二人飛びだしてきた。床へおろされた二人の子どもに王妃と女官たちがむらがった。その中にリリスがいるのが、ミアにはわかった。やはり顔はすすだらけで、自分も手にやけどをおっているようだ。

「体を冷やさねば！」

ほかの女たちは、かけだしていく。その中の一人が、

「王子とコウ様のやけどがひどくて」

と、アマダ様に報告して転がるようにまたかけていく。真っ赤な目から涙があふれている。煙のせいだけではない。

「ジャがあります！」

ミアは、体じゅうの力をこめて声を出した。サイのあの深い傷も一瞬で治したのだ。どんなやけどでも治せる。ミアは自信があった。ただ、ミアの声がこの騒ぎの中できこえただろうかと不安だった。

ミアの叫び声に、アマダ様がふりむいた。

「おお、ジャか！　きいたことがある」

アマダ様が一瞬ほほをゆるめたが、またすぐ顔をこわばらせた。

「魔女殿たちは、誰かおもどりではないのか？」

アマダ様は、ジャは、ミアがつかわなければ役に立たないことを知っていた。

「月の棟には、まだどなたも――」

誰かが首をふる。

さっきいた魔女たちも、弓の魔女と空で戦っているらしく姿はみえない。竜たちも、この亀裂のせまさでは、入ってこられない。

「なんとかして、私をむこうへやってください！」

ミアは、いらいらと足ぶみするようにアマダ様をみるが、目の前の亀裂は人間が飛び越せる距離ではない。

「橋になるものをさがしてこい！」

アマダ様が部下に命じる。何人かがトンネルの中へかけていった。

王宮に橋のかわりになるようなものがあるだろうか。瑠璃の鉱脈でできたこの王宮に、板などない。

　かかっていた橋もきっと、瑠璃の石をほりだしたものだったのだろう。ミアは、畑のりんごの木を思いうかべたが、ここにかける長さにはたりないように思える。

　王妃と女官たちが、王子とコウ様の体にとりすがり、

「しっかりなさいませ！」

と、泣き声をあげだした。

　アマダ様が、こぶしをにぎりしめた。王子もコウ様も命にかかわるやけどなのだ。

　女官たちの中の一人がたちあがって、橋があったところまで出てきた。リリスだった。

「ジャがあるの？」

と、まっすぐにミアをみる。ジャがあるとミアが叫んだ声は、むこう側までとどいていたらしい。ミアはうなずいた。

「投げて」

とリリスがいう。

「で、でも。ジャは、私がつかわなければ役には立ちません」

　ミアは首をふりながらも、ウスズ様の袋からクルミのからをとりだしていた。

「いいから、早く！」

リリスの声に、ミアはいつもびくついてしまう。

「早く！」

リリスが手をさしだす。

ミアは、自分が投げてもリリスまでクルミがとどくか自信がなかった。ミアはクルミをアマダ様にわたした。

アマダ様は、それをすばやく投げた。リリスはつかむやいなや、王子とコウ様のところへかけもどっていく。

しばらくすると、

「おお！」

という歓声があがった。

一人の女官が走ってきて、

「みるまにやけどのあとが消えて。お二人ともも大丈夫です」

と、涙をぬぐった。

それをきいたアマダ様も、そばにいた人たちも、ワーッと歓声をあげた。

第八章　ミアとリリス

ミアには、その声が遠くできこえるもののように思えた。ミアは、ぼうぜんと立ちつくしていた。ミアの頭の中で、いろいろなことがからまりあっていた。からまりあって何か一本につながりそうだった。

リリスがジャをぬったから、王子とコウ様の命が助かった。リリスはジャをつかえたのだ。どうしてだ？　門のおじいさんは、リリスは赤岩村の出だといった。でも、ふにおちないともいっていた。とてもあの村の女にはみえないといった。赤岩村は竜巻の村にいちばん近い村だ。そして、リリスの目はぎらついていたともいった。

ミアは、ぎらついていても、きれいだと思ったドリの目を思いだした。ドリは、

『私は、いつかの女みたいにここを出るんだ』

といっていた。

リリスが、ドリのいう竜巻の村から出ていった女なのかもしれない。

女の子たちが、あの女は、竜巻の村を出てどこかの村の男と結婚したとうわさしていた。きっと赤岩村の出だというのは、結婚した男のことだ。夫婦とも同じ村の出だといってごまかしたのだ。リリスは、自分がどこから来たのかを隠した。竜巻の村から来たことを隠したかったのだ。

いや、その前は、どこから来たといっただろう？　あの女は竜巻の村に竜がつれてきたといったのだ。竜は、罪人の村から、村にいられない人間を竜巻の村へつれてくる。村から出たがった女。ミアの頭の中に、ミアを王宮へつれてきた竜の声がひびいた。

『あんな女をみたことがなかった。おもしろいから、村を出してやったわ』

竜はそういった。ミアの母のことだ。

ミアの母なら、ジャをつかえる。でも、まさかとミアは首をふった。

リリスが、橋のあったところまでもどってきていた。リリスの目がミアをみつめていた。いつものきつい目のままだ。

「谷の子でも、まさか私の村の子だなんて思いもしなかった」

リリスは、ミアがジャをもっていることを今日初めて知ったのだ。

「そう、十歳になるんだわ」

リリスはつぶやいた。村に捨ててきた自分の子どもの年を数えたのだ。

「どこの子――」

リリスは、そうきいた。村のどこの家の子なのだときいていた。

リリスには、まだミアがわからない。

ミアは、体がぶるぶるふるえだすのをおさえることができなかった。

私がわからないのか！　自分の子どもをみわけられないのか！　情けなかった。泣きたかった。でも、涙は出ない。怒りで体じゅうがはちきれそうだ。それでも、まだどこかリリスが自分の母親だとは信じきれない。

リリスが、はっとしたのがわかった。今のミアに赤ん坊のころのおもかげでもみつけたのだろうか。それとも、真っ青になってリリスをにらむミアに、何かを感じたのだろうか。

「ミアなの」

やっとそういった。王宮でミアの名前を知っている人は誰もいない。

「死んだと思っていた」

リリスは口の中でそうつづけた。

亀裂をへだてても、リリスの目を涙の膜がおおっていくのがわかった。

「私の母は二のおばです」

ミアは、ゆっくりとそういった。

「そう。そうね」

リリスの涙はこぼれなかった。


ききたいことはたくさんあるような気がした。なのに、きくのもいやだと思えた。くるりとふりむくと、ミアはトンネルへ飛びこんだ。そしてウスズ様のお屋敷へかけもどった。

「おまえはミアというのか。どういうことだ？　おまえは谷の子だぞ。おまえの名前をなんでリリスが知っている？　おまえたちは親子なのか？」

ウスズ様の声は、おどろきを隠せない。竜だまりにもどっていたウスズ様の竜は、どうした？　というようにミアをみたが、ミアはそのまま部屋へ飛びこんでいた。

「リリスが母親なのか！」

「ちがいます！」

ミアは、どなっていた。

「ちがわん！　私にだってわかったぞ。リリスはおまえの母親なのだな。おどろいた。とにかく、きちんと話をしろ。このままではいかんだろう。また閉じこもるつもりか？　こら！　なんとかいえ。このがんこ者！」

ウスズ様は、リリスと話をするべきだとお説教を始める。あまりに腹の立ったミアは、ききたくないとばかりにウスズ様の袋を竜だまりにほうり投げて、ぴしゃりとドアを閉めていた。

「なにをする！　こ、こいつめ、ゆるさんぞ！　この私をほうり投げるとは何ごとだ。開けろ！　開けるんだ！」

ウスズ様が、どなりちらしている。ウスズ様の竜が、からからと笑い転げていた。

ミアは、一人で部屋に閉じこもってみたものの、何も考えられなかった。頭の中が真っ白になってしまったようだ。気がついたら日はとっくに暮れていた。どなりちらしていたウスズ様の声もしない。

なにやらため息だけが出た。

そこへ銀の羽がやってきた。

「弓の魔女をやっとつかまえたぞ。月の棟の魔女総動員じゃった。なんとも手強くての。今までずっと石に変えた星の音のあとを追って暮らしていたらしい」

と、ほっとした顔をした。

「それじゃ、テムさんのおじいさんのところや岩山の都の宝石屋さんのところとか、島の都にいたんですか？」

「ああ、ずっと石をみはって石のそばに人間のふりをしてひそんでいたそうだ。石といっしょに居場所をかえておったので、魔女だとさとられずにおったらしいわ」

いつかスチがいっていたとおりだ。居場所をかえるので、年をとらないままでも、まわりの人間に不思議がられずにいられたのだ。

「何百年も、たまに王宮の人間に呪いをかけるだけで、人間のふりをつづけていたらしいわい。それだから、わしらにもみつけることができんかったわけだ。でも、石がとうとう王宮へもどったのをみて、勝負をかけおった。自分がつかまることは覚悟の上だったらしくてな。それでも、王子を焼き殺せるとふんでおった。王子が無事だったときいて、落胆のあまり倒れおった。ありゃ、もうもつまい。敵ながら、あっぱれだった」

「何百年も、石が王宮へもどる日を待ちつづけていたんですね」

ミアは、あんぐり口を開けていた。

「あの執念ときたらのぉ」

銀の羽もうなずいた。

「それじゃ、ウスズ様の呪いは――」

「おお、とけたぞ。おまえに屋敷を追いだされたでな。今は星の音と二人でアマダの屋敷におるわ。まったく、部屋子が竜騎士を屋敷から追いだすなど、前代未聞じゃ。弓の魔女をつかまえたことより、一大事かもしれん」

銀の羽のしぶい顔に、ミアは、いまさらのように青くなった。

「おまえはかっとするとみさかいがなくなるようだな。リリスともおば上とも、そこがちがう」

銀の羽は、悪いところだ、なおさねばな、と怖い顔になった。

リリスがミアの母親だと、もう知っているらしい。ミアは、リリスのことにふれられたくはなかった。

「やっぱり二のおばを知っているんですね。二のおばは王宮にいたんですね」

怖い顔をしていた銀の羽が、にこりとうなずいた。

「魔女は部屋子はつかわんのだが、わしの姉が病でのぉ。その世話もかねて部屋子として来た。よう気のつくいい娘だった。わしはあの谷の子が気にいっておった。姉もかわいがっておった。教えたことはなんでもすぐ覚えた。なのに、今度のようなことがあった。谷の子だというだけで疑われての。よくできた娘だったので、ねたまれもした」

銀の羽は、かわいそうだったとうなった。

「わしは、かばいきれなんだ。悔しかったろうが、あの娘は何もいわんで王宮を出た」

銀の羽は、今でも悔しげだ。

「二のおばは、村を出て、どこで何をしていたのか教えてくれませんでした」

「そうか。おば上は、王宮のことは口にするのもいやだったのかの？」

銀の羽は、心配げにまゆをよせる。

「いいえ。私には、村を出るのよ、楽しいわよっていってくれました」

ミアが首をふると、銀の羽はほっとしたようにうなずいた。

「そうか。そういってくれたか。あまりくわしく話すと、村を出るおまえがおびえると思ったのかもしれん」

ミアはうなずいた。村の外へ出るのが怖くて泣いてばかりいたのだ。

「わしは、王宮を出される谷の子に、『おまえはまだ若い。子をもつやもしれん。そのときは、おまえの子を王宮へよこせ』といった。谷の子を村へ帰す竜は、わしのいったことをきいていた。谷の子は何もいわなんだが、おまえが来た。あの谷の子と同じジャをもつおまえがな。竜も谷の子も、わしのいったことを覚えておったとうれしくてな。わしは、てっきりおまえは、あの谷の子の娘だと思っておった」

ミアは、二のおばが「私の娘」だといってくれた日を思いだした。二のおばの娘のままでいたかった。リリスのことなど、知らなければよかったと思えた。

「谷の子も竜もわしも、約束を守った。じゃが、おまえはどうだった？　おまえは、王宮につれてこられて、よかったのかのぉ？」

銀の羽にそうきかれて、ミアはなんとこたえていいのかわからなかった。ミアを王宮へ出した二のおばをうらんだこともあった。泣いてばかりいた。

「二のおばがいうようには、楽しくはありませんでした」

ミアはそういった。一呼吸おいて、

「でも、もう村での暮らしが遠いもののように思えることもあります」

と、つけたした。水をくみ、かゆを煮て、羊を追う毎日など、もう考えられないような気もした。竜に乗ってもっと飛びまわっていたいようにも思う。

「おば上も、口にはせぬが楽しいばかりではなかったと思うぞ。でも、おまえを王宮に出してくれた。おば上は、おまえは王宮で生きていけると信じておったんだろうの。おまえはきっと、おば上に似ておるのだろうの」

銀の羽にそういわれてミアはうれしかった。

「だがリリスにも似ておる。弱いところがそっくりだ」

ミアは首をふった。

「似ていません。私は弱虫です。でも、リリスは強いです」

リリスは、目をうるませながらも、涙をおとすことはなかった。

リリスは、きっと泣いたことなどない。

「そうかのぉ。谷の子だというだけで、おまえにつらくあたりおった。自分が谷の出だと知られるのが怖くてじゃなかっただろうか？　王宮で谷という言葉が出るのもいやだったんじゃなかろうかの。怖くて、おまえをきちんとみることもできんかったんじゃろ」

銀の羽は、かわいそうにとため息をついた。

「あのリリスのことだ。怖さで目がくもってなければ、自分の娘をみまちがったりするものか」

銀の羽は、隠しごとをすれば弱点になるとつけたした。

「私のことは死んだと思っていたようです」

ミアなの！　とおどろいたリリスの顔を思いだしていた。そうなのかと銀の羽はうなずいた。

「谷の者で王宮にいられるのは、竜に呼ばれた者だけじゃ。リリスは朝早く王宮を出される。もうすぐ夜が明ける。おお、テラスからではないぞ。罪人としてじゃから畑からだ」

銀の羽はそういって出ていった。リリスに会いに行けというのだ。ウスズ様と同じで、きちんと話をしろといいたいのだ。

自分も村へ帰されるはずだと思う。ウスズ様をほうり投げたのだ。ウスズ様とは口げんかばかりだ。なにかというと「のろま！」とどなられる。ウスズ様に嫌われている。伝説の勇者の部屋子など、ミアにはつとまらなかったのだ。

王宮へ出してくれた、ミアは王宮で生きていけると信じてくれた二のおばに、あわせる顔がないと、ミアはうなだれてしまった。

そして、リリスも村へ帰されるのだろうかと思った。きっとちがう。リリスは、村へ帰されるのではない。どこかちがう場所へつれていかれる。だから銀の羽が、会いに行けといいに来たとわかった。もう会えないのだよと、銀の羽は教えてくれたのだ。

ミアは、ウスズ様のお屋敷を飛びだした。リリスにきいておきたいことがあった。ウスズ様の竜は、おだやかな寝息をたてて、ミアがみがきあげた竜だまりで眠っていた。

夜が明けていた。リリスは、いつものようなきつい目のまま水仙畑に立っていた。

「何かいうことでもあって？」

いつものリリスだった。

「あんな思いまでして王宮までのぼりつめたのに、どうして谷の者だってわかるようなことをしたの？　どうしてジャをつかったの？　あなたなら、王子が死のうが、コウ様が死のうが、知らんぷりするのかと思った」

「あんな思いって？」

リリスがまゆをよせる。

「金鉱へもぐったんでしょ。食べ物屋さんで愛嬌をふりまいたんでしょ。王宮まで上がって、もっと偉い女官になるつもりだったんでしょ」

ミアは、リリスのこれまでをいいたてた。

リリスは、知っているのねと、ミアから目をそらした。

しばらく黙っていたが、

「そう。子どもを捨ててまで来たのよ、あなたをみ殺しにして来たのよ。こんなところでこんなふうに生きるためじゃない。もっとちがう、もっと幸せな生き方があるはずだって。どこででもそう思ってた。だから、なんでもできた。なんでもしてきた」

リリスは、朝焼けをまぶしげにみていた。

「男たちといっしょに金鉱へもぐった。金塊をみつけて竜巻の村を飛びだした。赤岩村の男と結婚もした。その男と都へ出て、店を出して愛嬌もふりまいた。王宮へも上がった。もっと、もっと上へって。だって、私は、子どもを捨ててきたんだものって」

リリスは、そんな思いにせきたてられるように生きてきたのだ。

「でも、コウ様をみ殺しにはできなかった」

私のことはみすてたくせに――と、ミアは、朝焼けの空をみているリリスをにらんだ。

「どうして？」

ミアの声は、自分でもおどろくほど冷たくきこえた。

リリスは、またしばらく黙っていた。

「後悔することがわかってた。あのとき、コウ様をみすてたら、これから、どう生きたって私は後悔するってわかってたもの」

リリスは、やっとミアに目をむけた。

その目は、今でもずっと後悔していたといっていた。

ミアを捨ててきたことを後悔していたのだ。金鉱にいても、川中の都にいても、どこにいても、あのきつい目の奥に、後悔の涙をいっぱい隠して生きてきたのだ。

ミアはそんなリリスをみたくなかった。

「弱虫！　銀の羽のいったとおりだ。弱虫だ。幸せでいてよ。私を捨てて生きてきたんだもの、幸せでいなさいよ！」

ミアは、足をふみならして叫んでいた。

「きっと、これからは幸せだわ」

リリスは、初めて笑った。笑った顔は、二のおばに似ていた。

リリスは、ミアを抱きしめることも、手さえにぎることもなく竜に乗って王宮を出ていった。

アマダ様がいつのまにか水仙の中にいて、リリスをみおくっていた。

「非情で、計算高く、豪胆で。おまえにだってことごとくつらくあたっていたな。コウのことだって自分がのぼりつめる道具にしか思っていないとささやく者たちもいた。だが私は、おまえの母は、コウを本当に思ってくれていると信じていたのだ。おまえの母は、私が信じていたとおりコウを助けてくれた」

アマダ様は、リリスとは呼ばなかった。おまえの母といった。ミアに、母だと思ってやれといっているのだ。

リリスが、いや、ミアの母が乗った竜は、朝焼けの中の小さな点にしかみえなくなった。小さくなる竜の点を追っていたミアの目に、涙がたまった。

アマダ様は、おまえにも助けられたとミアにもお礼をいってくれた。

アマダ様と畑から階段をおりていくと、アマダ様の竜だまりに、黒い髪の男がいて、竜たちとなにやら話していた。

そして笑った。笑い声はミアまでとどいた。あれがウスズ様だ。呪いのとけたウスズ様だと

声でわかった。

ミアは、逃げだしていた。

ウスズ様を竜だまりにほうり投げた。部屋から閉めだした。ウスズ様は怒っている。袋のときならそう怖くもなかった。袋からもどったウスズ様に会うことなどできそうもなかった。とにかく足が動いたのだ。

「おい。谷の子、どうした?」

アマダ様の声がきこえた。そして、そのあとに、ミアを追いかけてくる足音もする。

「このばか者! のろまのくせに、私から逃げられると思っているのか!」

ウスズ様の声がすぐ後ろできこえたと思った瞬間、ミアは、ひょいとすくいあげられていた。

ウスズ様は、まるで何かの獲物のようにミアの胴を片手でかかえてアマダ様のお屋敷へもどる。

「すみません。ごめんなさい」

ミアは、じたばた手足を動かして泣いていた。

「ウスズ殿、谷の子はあやまっております。おろしておあげなさい」

アマダ様がそういってくれるが、ウスズ様は、かかえているミアの顔をひょいとのぞきこんで、ミアの頭をひとさし指でつついた。

「こやつは泣き虫のくせに、がんこ者なのだ。泣いても、てこでも動かんところがある」

のぞきこんでいるウスズ様の目は、髪と同じ黒い瞳だ。ウスズ様は、アマダ様よりだいぶ若いようにみえる。その目は怒ってはいない。おもしろそうに笑っている、やんちゃな目だ。

「私を竜だまりにほうり投げたことを、反省しているな」

ウスズ様が、ミアを床へおろす。はいとミアはうなずいた。

ミアはまたうなずいて、畑へむかう階段へ足をむけた。

「それでは、帰るか」

「どこへ行く？」

ウスズ様が、そんなミアを腕組みしてみた。

「村へ、村へ帰されるのでしょう」

そういいながら、二のおばに会える喜びにひたるより、二のおばはがっかりするだろうと思い、ミアはうなだれていた。

「おまえは、村へ帰りたいのか？」

ウスズ様にきかれた。

ミアは、私は村へ帰りたいのだろうかと、初めて自分に問いかけていた。

銀の羽には、村での生活が遠いものに思えるといったばかりだった。竜に乗って、飛びまわっていたいとも思った。

このまま王宮にいたら、もっといろいろなことがある。もっといろいろなものをみる。たくさんのことを知る。もっと、もっと、何かわからないが、つかむものがここにはたくさんあると思えた。

二のおばがいった。ミアは欲ばりだと。三歳のときに占った、光をつかもうとするミアのままなのかもしれなかった。つかみたい！　と思う。

でも、ウスズ様の部屋子をつづけることはできそうもなかった。ミアは、ウスズ様に嫌われている、のろまな部屋子なのだ。

ミアが迷っているのが、ウスズ様にはわかったらしい。

「おまえが帰ると、私の部屋子がおらんぞ」

と怖い顔で、どうするつもりだとミアをみた。

「テムの子孫が畑にいます」

「おお、そうだった。テムの子孫は、竜騎士につかえるのが望みだったのかな。テムの子孫は、喜んで私の部屋子になろうな。泣き虫のがんこ者の、おまえなどいらん」

ウスズ様が、うなずく。

ミアは、不満げに口をとがらせていた。

「なんだ！　文句でもあるのか？」

「泣き虫は、ウスズ様もいっしょです」

「こ、こいつめ！」

ウスズ様が怒りだしたが、

「ああ、それはもう王宮じゅうが知っておりますぞ」

と、アマダ様が口を出した。

ウスズ様は何百年もすすり泣いていた、幽霊屋敷の張本人なのだ。

ウスズ様は、ばつが悪そうにむせたが、

「ふん。生意気な！　と私は思うのだがな。おまえをつれて帰らなければ、私は竜にしかられてしまう。星の音もおまえに会いたがっていることだし。しょうがない。部屋子は二人、めしかかえることにするかな」

と、ウスズ様がうなる。

残っていいのかと、ミアは顔をあげた。

「なんだその顔は、うれしくはないのか？　私の部屋子は不満だとでもいうのか！」

ウスズ様が、口をとがらせている。

「い。いいえ」

ミアは首をふった。二のおばが望んだように、いろいろなものをみて、リリスが望んだように王宮で生きていくのだ。それがいい。ミアは、そう思った。

「よおく感謝しろ。部屋子に屋敷から追いだされるなど、わがことながら信じられん」

「本当でございます。伝説の勇者のウスズ様をです！」

アマダ様が笑いだしている。

「まずは、斧のふり方から教えてやる」

「いやです！」

「このがんこ者！」

ウスズ様がどなった。


（つづく）

著者 ✸ 柏葉幸子

1953年、岩手県生まれ。東北薬科大学卒業。『霧のむこうのふしぎな町』（講談社）で第15回講談社児童文学新人賞、第9回日本児童文学者協会新人賞を受賞。『ミラクル・ファミリー』（講談社）で第45回産経児童出版文化賞フジテレビ賞を受賞。『牡丹さんの不思議な毎日』（あかね書房）で第54回産経児童出版文化賞大賞を受賞。『つづきの図書館』（講談社）で第59回小学館児童出版文化賞を受賞。『岬のマヨイガ』（講談社）で第54回野間児童文芸賞を受賞。『帰命寺横丁の夏』（講談社）で2022年バチェルダー賞を受賞。近著に「モンスター・ホテル」シリーズ（小峰書店）、『人魚姫の町』（講談社）など。

装画・挿絵 ✸ 佐竹美保

1957年、富山県生まれ。「魔女の宅急便」シリーズ（3～6巻）（福音館書店）、「守り人」シリーズ（偕成社）、「ハウルの動く城」シリーズ（徳間書店）など、ファンタジー作品や児童書の分野で多くの装画・挿絵を手がけている。

竜が呼んだ娘 1
弓の魔女の呪い

2024年1月23日　第1刷発行

著　者　柏葉幸子

発行者　森田浩章

発行所　株式会社講談社

〒112-8001 東京都文京区音羽2-12-21

電話 編集　03-5395-3535

販売　03-5395-3625

業務　03-5395-3615

装　幀　岡本歌織（next door design）

印刷所　株式会社新藤慶昌堂

製本所　株式会社若林製本工場

本文データ制作　講談社デジタル製作

N.D.C.913 255p 20cm ISBN 978-4-06-534173-5

本書は、朝日学生新聞社『竜が呼んだ娘』をもとに加筆・修正し、新装版として出版しました。